高家表裏譚5

京乱

JN092156

上田秀人

角川文庫
23119

目次

主な登場人物

吉良《きら》三郎《さぶろう》義央《よしなか》……高家の名門・吉良家の嫡男。吉良家を継ぐため、高家見習いとなる。

吉良義冬《よしふゆ》……左近衛少将。高家・吉良家の当主で三郎の父。

徳川家綱《いえつな》……徳川第四代将軍。

後水尾《ごみずのお》上皇……後西天皇の父。後見人として院政を行う。

近衛基熙《このえもとひろ》……権中納言。五摂家《ごせっけ》筆頭の近衛家の若き当主。

小林平八郎《へいはちろう》……父の平右衛門とともに吉良家に仕える。三郎の側役で剣の使い手。

毛利綱広《つなひろ》……長門守。長州藩二代目藩主。毛利元就《もとなり》の子孫を自負する。

第一章　父と子の絆

一

吉良《きら》左近衛少将《さこんえのしょうしょう》義冬《よしふゆ》は、登城したところで呼び止められた。

「左少将《さしょうしょう》」

「誰か」

敬称を付けることなく官名を呼び捨てにした壮年の旗本を、義冬は睨《にら》みつけた。

殿中儀礼では、幕府役職の順位を示す大概順で筆頭になる高家《こうけ》、そして加賀前田《かがまえだ》、薩摩《さつま》島津《しまづ》、仙台伊達《せんだいだて》など外様《とざま》の大大名あるいは老中《ろうじゅう》でなければ届かない従四位下《じゅしいのげ》という高位を兼ねる義冬を呼び捨てにできる者はほとんどいない。それこそ、将軍、老中、御三家くらいである。

義冬が不快な顔をするのも当然であった。

「目付《めつけ》立花主膳正《たちばなしゅぜんのかみ》じゃ」

旗本が名乗った。

「余に何用か」

義冬が問うた。

言うまでもなく義冬は、黒の麻裃《あさがみしも》を身につけている立花主膳正が目付だとわかっていた。目付は監察という役目がら、老中、御三家以外を呼び捨てにしてもいいという慣例があった。

あえて誰何《すいか》したのは、目付ごときが高家に対し無礼千万という抗議をこめて、知らぬ顔をしたのである。

「そなたの嫡男、侍従《じじゅう》兼上野介《こうずけのすけ》についてである」

立花主膳正が言った。

「三郎《さぶろう》について……」

義冬が怪訝《けげん》な顔をした。

「最近、出仕をしておらぬようだが」

「病気療養という届けは出したはずじゃ」

訊《き》いた立花主膳正に、義冬が答えた。

「右筆《ゆうひつ》部屋に出されたものについては確認しておる」

立花主膳正が告げた。

「なれば、それでわかろう」

本来正式な見習ではない顔見せ登城ともいうべき吉良上野介三郎義央《よしなか》に、毎日登城の義務はない。また、病気療養届も出さなくていい。

義冬がどこに問題があると反論した。

「上野介が江戸《えど》におらぬという噂がある」

「……噂」

高家というのは、海千山千どころか鵺妖怪《ぬえようかい》の類《たぐ》いと言われる公家《くげ》と交渉するのが役目である。

図星を突かれたくらいで動揺することはない。

義冬が立花主膳正の言葉に首をかしげた。

「余は聞いたことさえないぞ。そのような噂は」

「城中ではない」

「どこじゃ」

首を横に振った立花主膳正に義冬が尋ねた。

「密事である」

他言できるものではないと立花主膳正が拒否した。

「ほう、目付はそのようないい加減な出所も明らかにできぬ噂をもって、高家に疑義ありとするか」

「監察はあらゆることを調べるのが役目。たとえ噂でも大名、旗本にかかわるものなれば、調査いたす」

苦情を口にした義冬に立花主膳正が言い返した。

「なるほど。ご立派なことだ。十人ほどしかおらぬ目付が、すべての噂に対応しておると。いやあ、感服仕《つかまつ》った」

口の端を吊《つ》りあげながら、義冬が感心して見せた。

「…………」

立花主膳正が頬をゆがめた。

「もうよろしいか」

「いや、その噂にしたがって箱根《はこね》の関所に問い合わせたところ、十四、五日ほど前に吉良家の家中だと申す若侍が二人通過したとの返答があった」

話は終わりだなと言った義冬に立花主膳正が制止をかけた。

「それがなにか」

表情一つ変えず、義冬が立花主膳正を見た。

「……上野介ではないのか」

動揺一つ見せない義冬に、立花主膳正がたじろいだ。

「知行所へ家臣を送るのは、別段不思議でもなんでもないことであろう」

旗本は参勤交代の義務はない代わりに、在府が命じられている。もし、知行所へ行くならば、届けを出し許可を得なければならなかった。

しかし、役目に就いている者については支障が出るため、まず江戸を離れる許しは出なかった。そのため、知行所へなにか用があるときは、家中の者を代理として出すのが決まりであった。

「上野介ではないのだな」

「答える義理はない」

念を押そうとした立花主膳正を義冬は一蹴《いっしゅう》した。

「いや、答えてもらう。病気療養中でありながら、江戸を離れて箱根の関所をこえるなど論外である」

立花主膳正が法を盾にとってきた。

旗本にも病気療養は認められていた。役目のあるなしにかかわらず、病気で登城をしないのは届けだけ出しておけば問題にならなかった。

もちろん、書院番《しょいんばん》だとか、小姓組《こしょうぐみ》、大番組《おおばんぐみ》のような番方で病気療養というのは、役目にふさわしくないと考えられ、長期にわたる場合などは辞職勧告や、罷免などが言い渡されることがある。そのため、病気療養は最長で半年ていどまでとされており、それ以上の期間に及ぶ場合は、一度職を退くのが慣例であった。

なれど一度役目を離れてしまうと、次はまずない。番方のように警固役が病弱では話にならないのだ。病気による辞職は、将来にわたる無役を覚悟することになる。

それでは出世の道も閉ざされ、役料も入らなくなる。そうならないため、病気療養を半年少し前に終えて、再出務を数回おこない、その後もう一度病気療養に入るという手立てを取る者も出てくる。

これが幕府では認められていた。もちろん、せいぜい一度か二度で、それ以上だと咎《とが》めを受ける。

ただ、これだけ甘い病気療養だが、さすがに出歩くのはまずかった。医師の診察を受けるか、先祖の法要以外での外出は見つかれば、お家断絶になるほどの厳罰を受ける。

「祖父の忌日でござる」

まだ江戸市中だと言いわけが効く。だが、箱根の関所をこえたとなると弁解の余地などはなくなってしまう。

なまじ出さなくてもよかった三郎の病気療養を届けたことが、足を引っ張っていた。

「三郎は屋敷で療養しておる。かなり落ち着いて参ったので、近日中には再出仕いたすであろう。これでよいな」

「近日中とはいつだ」

「それは余ではなく医者に訊くべきだの」

具体的な日時など言えるはずもないと義冬が手を振った。

「それに三郎は、見習になるための修養の身である。別段、登城するしないは自在である」

「……むっ」

正論を返した義冬に立花主膳正が不満そうな顔を見せた。

「登城時刻に遅れるわ」

話はここまでだと義冬は背を向けた。

義冬にあしらわれた立花主膳正が目付部屋へと戻ってきた。

「いかがでござったかの」

歳嵩《としかさ》の当番目付が首尾を尋ねた。

「一筋縄ではいかぬ」

立花主膳正がどっかと座った。

「……といった体であった」

「顔色一つ変えぬか。さすがは高家じゃの」

一部始終を語った立花主膳正に当番目付がため息を吐いた。

目付はその職責上、同僚といえども訴追する。そのこともあり、目付には先達、新参、石高の大小、家柄などでの上下はなかった。

当番目付も月替わりでしかなく、城内の通達を代表して取りに行くだけで別段他の目付を指揮する権限などはなかった。

「屋敷検《あらた》めをいたしてはいかがか」

別の目付が提案した。

「多左衛門《たざえもん》、無茶を申すな。高家の屋敷をこのていどのことで検めることはできぬぞ」

当番目付が無理だと述べた。

「なに、上野介がいなければこちらの勝ちだ。屋敷検めの手続きなど、誰も気にせぬ」

「もしいたらどうするのだ。それこそ目付で屋敷検めにかかわった者は切腹、それ以外の者も進退伺いを出すことになるぞ」

多左衛門と呼ばれた目付を当番目付が叱った。

「しかし、それくらいせねば、高家から殿中儀礼礼法監察の役目は奪えまい」

まだ若い多左衛門が反発した。

「徒目付《かち》に屋敷を見張らせてはどうだろう」

立花主膳正が案を出した。

「外から見張るだけで、意味はあるのか」

多左衛門が疑問を呈した。

「圧にはなろう」

「ふむ、左少将に脅しをかけるか……」

立花主膳正の案に当番目付が思案に入った。

「もし、上野介が出歩いているならば、それも知行所まで出かけているようならば、左少将はあわてて呼び返すだろう」

「たしかに」

多左衛門が同意した。

「そこを押さえる」

「名案だが、徒目付どもを含めて……上野介の顔を知っている者はおるか」

当番目付が問題を指摘した。

「たしか、上様へのお目通りのおり、立ち会いをした者がおるはずじゃ」

「一人だけか」

立花主膳正の答えに、当番目付が首を横に振った。

「その一人を四六時中、吉良屋敷に張りつけておくのか」

休むことなく、日夜共にいつ終わるかわからない見張りをする。食事、厠《かわや》、仮眠の交代さえいないのだ。その過酷さは想像を絶する。

「それくらい目付の発展のためならば……」

無理だと言った当番目付に立花主膳正が言いかけた。

「おぬしがまず範を示すべきであろう」

「拙者は上野介の顔を知らぬ」

当番目付の言葉に立花主膳正が反論した。

「もし、左少将が国元にいる上野介を呼び返すとして、使者が吉良庄まで行き、上野介が江戸へ戻るのに八日はかかろう。それまでの間をおぬしがしてのけろ。さすれば八日目以降を立ち会い目付だった者にいたせと言えよう」

「…………」

強引ではあるが、正論でもあった。当番目付の指摘に立花主膳正はなにも言えなかった。

「しかし、どうする」

多左衛門が割って入った。

「見張りは無意味か」

「いや、そうとはかぎるまい」

落胆した立花主膳正に多左衛門が首を横に振った。

「どういうことだ」

当番目付が多左衛門に訊いた。

「徒目付どもに吉良屋敷を見張らせ、圧をかける。いやでも左少将は反応せざるを得まい」

「それには同意するが、上野介の見分けがつかねば意味はなかろう」

立花主膳正が無駄だと応じた。

「なに簡単なことだ。吉良屋敷に出入りする者をすべて捕らえればいい」

多左衛門が胸を張った。

「吉良は旗本じゃ。我らが出張れば逆らえぬ」

「すべてを取り調べると」

自信満々な多左衛門に当番目付が確認した。

「そうよ」

「乱暴すぎる」

「それでなにもなければ、我らが咎めを受けるぞ」

うなずいた多左衛門に、当番目付と立花主膳正があきれた。

「上野介を探しているとの理由でなければよいのだろう」

「……なんだと」

変わらぬ多左衛門の態度に、当番目付が目を剝《む》いた。

「城下の安寧を維持するため、うろんな者を調べているとすればいい」

目付とその役儀を表に出せばいいと多左衛門が述べた。

二

足音も高く後水尾《ごみずのお》上皇は、御所の廊下を進んだ。

「多治丸《たじまる》……」

あまりの急展開に三郎は縮みあがっていた。

「禁中や。権中納言《ごんのちゅうなごん》と言い」

後水尾上皇の後ろについている近衛《このえ》権中納言多治丸基熙《もとひろ》が、小声で注意した。

「……わかった」

うなずいた三郎は、気を取り直した。

「権中納言さま、よろしいのでございますか」

もう一度、三郎が尋ねた。

「上皇さまが、お命じになられたんや。誰はばかることはない。堂々としとき」

近衛基熙が振り向くこともなく応《こた》えた。

「できぬわ」

三郎が首を横に振った。

従四位下侍従兼上野介に任官したとはいえ、三郎は一度も昇殿したことはない。公家にならねば昇殿できぬ御所へいきなり連れてこられて平常心を保てるほど、三郎は慣れていなかった。

「誰《たれ》ぞ」

「怪しげな者、ここは……」

「頭中将《とうのちゅうじょう》か、励んでおるの」

廊下で出会った公家二人に、後水尾上皇が声をかけた。

頭中将とは、蔵人頭《くろうどのとう》と近衛中将《このえのちゅうじょう》を兼任している公家のことをいう。朝廷の内政を司《つかさど》る蔵人頭は定員二人、一人が武官出身の近衛中将でこれを頭中将と呼び、天皇の側近としてその指示を果たした。もう一人は中弁《ちゅうべん》、あるいは大弁《だいべん》で蔵人頭になった者で、頭弁《とうのべん》と呼ばれ、天皇と太政官《だいじょうかん》の間を取り持った。

どちらも天皇の近くで働き、将来朝廷の重鎮となっていく。

もっとも朝廷の権が薄れるにつれ、頭中将の形も変化し、今では近衛中将となった者が蔵人頭を兼ね、頭中将に任官する流れとなった。この結果、蔵人という難役に付いていけない高位公家の跡取りが頭中将になってしまい、何一つできないまま立身していくという羽目に陥っていた。

「……上皇さま」

「このような刻限にいかがなされました」

頭中将と呼ばれた公家たちが急いで膝《ひざ》を突いて、頭《こうべ》を垂れた。

「帝《みかど》に会いたいと思うての」

後水尾上皇が答えた。

「すでに日が暮れでおじゃりまする。主上は臥所《ふしど》へお下がりになられましておじゃりまする」

頭中将がすでに後西《ごさい》天皇は休んでいると止めた。

「まだ明るいのにかの」

にやりと後水尾上皇が笑った。

「…………」

頭中将と頭弁の二人が黙った。

「道を空けよ」

後水尾上皇が命じた。

「そ、それはなりませぬ」

震えながらも頭中将が拒んだ。

「侍従」

振り返ることなく後水尾上皇が三郎を呼んだ。

「はっ、はい」

三郎があわてて応じた。

「剣をよこせ」

後水尾上皇が右手を伸ばした。

「…………」

「侍従、早《はよ》う」

どうしていいかわからずおたついた三郎に、近衛基熙が声を潜めて促した。

「疾《と》くといたさぬか」

機嫌の悪い声で後水尾上皇が急《せ》かした。

「はっ」

すばやく近づき、腰の脇差を三郎は掲げた。

「うむ」

満足そうに後水尾上皇が首肯しながら、脇差を手にした。

「上皇さま……」

「なにをなさいまする」

頭中将と頭弁が顔色を変えた。

「愚か者どもを成敗するだけじゃ」

言いながら、後水尾上皇が脇差を抜いた。

「持っておれ」

「はっ」

片膝を突いたままだった三郎に、後水尾上皇が鞘《さや》を渡した。

「ご乱心なされておじゃりまするか」

頭中将が白刃の煌《きら》めきに怯《おび》えながら、後水尾上皇に問うた。

「役立たずが、一人前にさえずるな」

後水尾上皇が一喝した。

幕府をして、天狗《てんぐ》と怖《おそ》れさせた後水尾上皇である。徳川家康《とくがわいえやす》も秀忠《ひでただ》も家光《いえみつ》も後水尾上皇には痛い目に遭わされていた。また天皇でありながら、武芸に興味を持ち、自ら武芸者を招いて剣術の稽古《けいこ》に励んでもいた。

その後水尾上皇の気迫を浴びせられては、並の公家では立ち向かえない。

「ひうっ」

「ひゃああ」

頭中将と頭弁が揃って腰を抜かした。

「そちの役目はなんだ」

後水尾上皇が頭中将に問うた。

「あわっあわ」

白刃と後水尾上皇の迫力に、頭中将はまともに答えられなかった。

「よくぞ、これで武の羽林《うりん》出身だと言えたの」

後水尾上皇があきれた。

公家には弁官と武官の家柄があった。名家といわれる三十家ほどの公家が弁官を、羽林家と呼ばれる六十家あまりの公家が近衛中将などを経て、中納言、大納言《だいなごん》へと昇っていく。

当然、頭中将は羽林家の、頭弁は名家の出であることが多かった。

「頭中将は主上の側にあり、その意を受けて所用をこなし、またお問い合わせあるときはそれに答える」

切っ先を頭中将から頭弁へと後水尾上皇が変えた。

「頭弁は、政を担う太政官たちと主上の間を取り持ち、主上のお考えを天下に反映させる」

後水尾上皇が頭弁を睨んだ。

「その身分は従四位と低けれど、朝廷指折りの人物が任じられる」

「……ううう」

頭弁が息ができないといった苦悶《くもん》の表情を浮かべた。

「どれほど朝廷が形だけのものになろうとも、主上はこの日の本の主であられる。そのお方を支える栄誉ある役目に就きながら、そなたらはなにもせぬ。いや、なにも見ておらぬ」

大きく後水尾上皇が嘆息した。

「い、いったいなにを仰せでおじゃりましょうや」

頭中将が震えながら問うた。

「弾正尹《だんじょうのいん》がこと知らぬと申すか」

「…………」

指摘された頭中将が黙って目を伏せた。

「主上からご下問はなかったのか」

「…………」

「あとで伺うのだ。ここでごまかしても無意味ぞ」

答えない頭中将に後水尾上皇が厳しく追及した。

「おじゃりました」

力のない声で頭中将が告げた。

「で、その方はなんとお答え申しあげた」

「…………」

「往生際が悪いの。本当の往生をさせてくれようか」

後水尾上皇が刀を振りあげた。

「なにもございませぬとお答え申しましておじゃりまする」

頭中将が早口でしゃべった。

「そなた、なにをしでかしたかわかっておるな」

「は、はい」

後水尾上皇に言われた頭中将が何度も首を縦に振った。

「頭弁」

「ひゃ、ひゃい」

腰を抜かしたままの頭弁がうわずった声で応じた。

「そやつを捕まえておけ。他人と会わせるな。禁裏から出すな」

「わ、わかりましておじゃりまする」

頭弁が首肯した。

「従わなかったときは……二人並べて、刀の錆《さび》ぞ」

「け、決して」

大慌てで頭弁が首を左右に振った。

「ふん。参るぞ、多治丸。侍従」

刀を三郎に返して、後水尾上皇が歩き出した。

「ええか。上皇さまのお言いつけ、破るなや。そのときは、麿《まろ》も敵になるで」

座りこんで見上げている頭中将と頭弁の前を行きすぎるとき、近衛基熙が脅しをかけた。

朝廷のなかで摂家《せっけ》は特別な格式を持つ。いずれも大織冠藤原鎌足《たいしょくかんふじわらのかまたり》の血を引く名門で、天皇家との婚姻も重ねている。とくに後陽成《ごようぜい》天皇の曾孫《ひまご》にあたる近衛基熙は、後水尾上皇の姫女二宮《おんなにのみや》の養子となったこともあり、皇別家と呼ばれている。

その近衛基熙に目を付けられれば、朝廷での出世はまず無理であった。

「ふん」

鼻で嗤《わら》って近衛基熙が二人の前を過ぎた。

「……………」

怯えている二人の前を、申しわけなさそうに背を丸めて三郎は通った。

「まったく、官位をあげることしか考えておらぬ」

歩きながら後水尾上皇が頭中将たちを罵《ののし》った。

「公家は天皇に仕え、朝廷を守る。その意義が失われて久しい。武家に政を奪われて以来、朝廷は衰退するばかりじゃ」

「仰せの通りかと存じまする」

近衛基熙も同意した。

「かといって、今の朝廷には幕府に成り代わるだけの力はない」

大きく後水尾上皇がため息を吐いた。

「武家を血腥《ちなまぐさ》いと忌避したのがまちがいであった。そもそも天皇も初代神武《じんむ》帝は東征をなさったし、天智《てんじ》帝は蘇我入鹿《そがのいるか》を手ずから討ち、天武《てんむ》帝は大友皇子《おおとものみこ》を駆逐された。そうして天皇位を自らのものとなされた。それがいつのまにか、血は穢《けが》れなどと言い出し、兵部省《ひょうぶしょう》を形だけのものとして、軍を廃止してしまった」

「まことに」

後水尾上皇の嘆きに近衛基熙もうなずいた。

「……どけ。急参内じゃ」

廊下にいた公家たちへ後水尾上皇が手を振った。

「主上はおられるな」

「おいでておじゃりまする」

問われた侍従が片膝を突いて答えた。

「開けよ」

「しばしお待ちを。主上にお伺いを」

後水尾上皇の指図に侍従が首を横に振った。

「よかろうぞ」

「…………」

一礼した侍従が、引き戸を開けてなかへ入った。

「……お許しがでましてございまする」

侍従がすぐに出てきて告げた。

「うむ」

後水尾上皇が敷居をまたぎ、近衛基熙が続いた。

「待て」

その後に従おうとした三郎を、侍従が制止した。

「帯刀は許されぬ。置け」

厳しい声で侍従が指摘した。

「かまわぬ」

「こればかりはいかに上皇さまのお言葉とはいえ……」

後水尾上皇が許可していると言ったのを、侍従が頑《かたく》なに拒んだ。

「それも侍従じゃ」

「なにをっ……この者の顔に覚えはおじゃりませぬ」

侍従が否定した。

従四位下侍従というのは、さほど身分が高いものではないうえ、高位公家の息子たちにも与えられることもあり、かなりの数がいた。

とはいえ、同じ侍従同士であれば顔くらいは見知っていて当然であった。

「そやつか。そやつは吉良侍従兼上野介じゃ」

「吉良……高家の」

後水尾上皇に教えられた侍従が目を剥いた。

「なぜ、高家は禁裏に……」

「それはな孤《それがし》が連れてきたからよ」

驚く侍従に後水尾上皇が述べた。

「…………」

先帝の供となると、さすがに文句は言えない。侍従が黙った。

「孤の警固でもある。よいの」

「はっ」

侍従が認めた。

「来い、吉良」

廊下で固くなっていた三郎を、後水尾上皇が招いた。

三

天皇の居所である御座所《おわしどころ》は六間（約十・八メートル）四方あった。

その中央奥の左右二間（約三・六メートル）の御簾《みす》が張られたなかに天皇は座していた。

「主上、不意の参内お詫《わ》び申しあげる」

実の親で三代前の天皇であっても、今は違う。

後水尾上皇は、後西天皇に向かって頭を垂れ、まず詫びた。

「上皇、詫びは不要である。なにか不意のことでも出来《しゅったい》いたしたのかの」

御簾の向こうから後西天皇が応じた。

「ご寛恕《かんじょ》賜り、感謝いたしまする」

もう一度頭を下げて、後水尾上皇が話を始めた。

「それに控えておりますのは、手前が近衛権中納言」

「存じておる」

「その後ろにおりますのが、幕府高家吉良左近衛少将が嫡子、侍従兼上野介にございまする」

後水尾上皇が三郎を紹介した。

「高家……珍しい者が参ったの」

「ははっ」

目を向けられたと感じた三郎が平伏した。

「面を上げよ」

「………………」

「主上のご諚《じょう》である」

後西天皇の言葉に畏縮《いしゅく》している三郎に、後水尾上皇が顔をあげろと言った。

「お、畏《おそ》れながら」

震えながら三郎が背筋を枉《ま》げたままで、顔だけ前に向けた。

「ふむ。たしかに公家らしからぬ顔つきじゃ」

満足そうに後西天皇が述べた。

「で、上皇よ。なぜ高家を連れて参ったのかの」

本題に入れと後西天皇が促した。

「まずは権中納言の話をお耳になされませ。多治丸」

「はい。わたくしより申しあげたき儀がございまする」

後水尾上皇から預けられた近衛基熙が、三郎を衛門少志《えもんのしょうさかん》が捕らえ、弾正台へ引き立てたことを述べた。

「弾正台が高家を……なんの咎でそのようなまねを」

後西天皇が首をかしげた。

「詳細はわかりませぬが、幕府との交渉に使おうといたしていたのではないかと思われる素振りがございました」

「幕府との交渉……弾正尹がか」

弾正台は、公家の不正をただすのが役目であり、幕府との接点はない。

後西天皇が不思議そうな口調になった。

「あきらかに権をこえたまねでございまする」

後水尾上皇も首肯した。

「いえ、できぬわけではございませぬ」

近衛基熙が口を開いた。

「多治丸、どういうことだ」

「権中納言、発言を許す」

後水尾上皇と後西天皇が近衛基熙へ顔を向けた。

「お言葉に甘えまして……弾正台は左大臣《さだいじん》までを監察できまする」

「そうじゃ」

近衛基熙の言を後水尾上皇が認めた。

「今の将軍徳川家綱《いえつな》は、内大臣《ないだいじん》でございまする」

朝廷は関白摂政《かんぱくせっしょう》を頂点に、太政大臣、左大臣、右大臣《うだいじん》の順になっていく。そして内大臣は右大臣の下であった。

「将軍を咎めると申すか」

「なんと」

後水尾上皇と後西天皇が絶句した。

「もちろん、実際にはできますまい。武家の官位は令外《りょうげ》でございますれば」

令外というのは、朝廷のすべてを定めている律令の外という意味である。そのために大名、旗本に人気の官職は定員をこえて名乗る者がいた。越前守《えちぜんのかみ》や左京大夫《さきょうのだいぶ》など、下手をすれば五人からいることがある。朝廷ではこれは許されていないが、令外あるいは埒外《らちがい》といわれる武家官位ではあり得た。

「ですが、建前としてはできましょう」

「……建前か」

「建前で動いている朝廷としては、否定できぬの」

近衛基煕の判断に、後水尾上皇と後西天皇が悩んだ。

「多治丸、なぜその考えに至った」

悩むより訊いたほうが早いと後水尾上皇が近衛基煕に問うた。

「三郎……いえ、吉良上野介への対応がしつこすぎると思ったことによりまする」

近衛基煕が続けた。

「一度失敗したならば、普通は手を引きまする。いえ、痕跡《こんせき》も残らぬように後始末をして知らぬ顔をいたしましょう」

高家の息子とはいえ、旗本である。その旗本を朝廷の役人が襲ったとなれば、幕府が、京都所司代《きょうとしょしだい》が黙っていない。

弾正尹を始め、かかわった者たちをすべて捕まえ、詳細を吐かせる。

幕府には禁裏付という朝廷目付がある。もちろん、禁裏付の権にも限界はあるが、弾正尹くらいならば、捕らえて取り調べするくらいはできた。

さらにその供述内容次第では、幕府が直接出てくる。

老中が京へ派遣され、朝廷を引っくり返す勢いで手を入れる。

「譲位いたそう」

「辞しまする」

そうなれば、責任を取って、天皇は譲位、摂政、関白も辞任することになる。

朝廷が根こそぎ揺らされる。

「二度もするなど、よほどの馬鹿か、自信があったか」

「ふむ」

「ほう」

近衛基熙の話に後水尾上皇と後西天皇がふたたび唸《うな》った。

「父よ。権中納言は出来物じゃの」

「であろう」

天皇と上皇が親子に戻った。

「頼もしいかぎりである」

「畏れ多いことでございまする」

後西天皇に称賛された近衛基熙が恐縮した。

「ところで、その者はなぜ京におる」

「吉良でございますか」

後西天皇に問われた近衛基熙が確認した。

「幕府高家吉良侍従兼上野介《こうずけのすけ》であったか」

令外の除目など天皇に報されることはない。

「…………」

直答していいのかどうかわからず、三郎が戸惑った。

「これだけ慣例を無視したのだ。直答いたせ」

後水尾上皇の不意参内、近衛基熙の奏上、そこに武家侍従の供、まず朝廷が平安《へいあん》の都になってから初めてといえるほどの例外続きであった。

無位無官の旗本なればまだしも、従四位下侍従という格式を持っている。さすがにご下問以外の直答は礼を失するが、そのていどのことなど問題にもならない状況であった。

「よろしいのでございましょうか」

三郎が後水尾上皇の顔色を窺《うかが》った。

「今さらじゃの。そなた孤とはなしたであろう。わかっていないのか。孤もかつては主上と呼ばれた身分であり、今も仙洞御所《せんとうごしょ》の主であるぞ」

「…………」

後水尾上皇に言われて、あらためて気づいた三郎が黙った。

「三郎、あきらめよ。上皇さまに気に入られたのが最後よ」

近衛基熙が楽しそうに笑った。

「上皇さま……」

「………」

恐る恐る顔を見た三郎に後水尾上皇が無言で笑みを浮かべた。

「さ、申してみよ」

楽しそうな声で御簾ごしに後西天皇が命じた。

「畏れながら申しあげまする。わたくしめは三州《さんしゅう》吉良荘の領主吉良左近衛少将が嫡子、三郎義央めにございまする」

まず三郎は名乗るところから始めた。そうでもしないと何を言っていいのかを考える暇がなかったのだ。

「わたくしめが京へ参りましたのは……」

三郎は思わぬ高位に叙されたことへの謝意を伝えるために、近衛基熙を訪ねたと告げた。

「高位に叙してもらった礼はわかるが……なぜ権中納言のもとへなのじゃ」

後西天皇が訊いた。

「それにつきましては、わたくしめから」

言いにくそうにしている三郎に代わって近衛基熙が語った。

「数年前、帝のご即位について幕府の意見を問うべく、ひそかにわたくしめが江戸へ下向し、そのとき吉良家に寄宿いたしました」

「聞いておらぬぞ、そのような話」

自らにかかわることだけに、後西天皇が不満げな声を出した。

「主上にお報せいたさなかったことは、幾重にもお詫び申しあげまする。ですが、これは五摂家だけで話し合い、幕府の出方を知るべしとなりました。また、当時の状況から、あまりおおっぴらにすれば、馬鹿をする者も出かねませず」

近衛基熙が頭を下げた。

公家は大なり小なり五摂家と繫《つな》がりがある。だからといってすべての公家が、五摂家の下風に立ち続けることをよしとしているわけではなかった。

とくに藤原《ふじわら》氏よりも古い家系を誇る大伴《おおとも》、賀茂《かも》、物部《もののべ》に連なる者たちは、昔日の栄光を取り戻したいと強く願っている。

そういった連中がうごめいているのは、いつの時代も変わらない。その連中に皇統の行方を幕府に問うたと知られれば、ここぞとばかりに責め立ててくるだろう。

「朕《ちん》が漏らすわけなかろうが」

後西天皇が不機嫌になった。

「主上が漏らされるとは思っておりませぬ。問題は典侍《てんじ》、内侍《ないし》どもでございまする。典侍や内侍のなかには、大伴や菅原《すがわら》の血筋の者がおりまする」

首を左右に振りながら、近衛基熙が告げた。

典侍も内侍も天皇に仕える女官である。基本は天皇の身の回りの世話や天皇家の内政を担当する。天皇の側近くに侍《はべ》ることから、手が付くことも多く、貧乏な公家にとって将来の夢を叶《かな》えてくれるかも知れない。なかには娘を羽林家や名家などに養女に出し、その家の格式を使う家もあった。

「たしかにの」

いつの時代も後宮の乱れから大乱に見まわれる場合は多い。

後西天皇が近衛基熙の意見を是とした。

「そして、三郎にはその折りに、命を助けられておりまする」

「なにっ」

五摂家の当主が襲われるなどあり得ていい話ではない。後西天皇が驚愕《きょうがく》したのも当然であった。

「どこの痴《し》れ者じゃ」

「毛利長門守《もうりながとのかみ》の手の者でございました」

「……毛利とは、あの中国《ちゅうごく》の大名のか」

後西天皇が御簾ごしでもわかるほど、動揺した。

「それがまことなれば、幕府へ命じて毛利を潰《つぶ》さねばならぬ」

五摂家を襲うなど論外だと後西天皇が憤った。

「仰せのとおりながら、わたくしも身分を隠しての忍び行《こう》であり、ことを表沙汰《ざた》にするわけには参りませず」

怒りを我慢したと近衛基熙が答えた。

「……腹立たしいの」

「主上」

怒りの収まらない後西天皇に、三郎が声をかけた。

「上野介、なんであるか」

「毛利長門守につきましては、今後ともに昇爵はさせぬと高家の間で決めておりまする」

「……毛利はそれほどの家柄であったか」

後西天皇が質問した。

「後奈良帝《ごならてい》の御世《みよ》に大嘗祭《だいじょうさい》の費用を献金し従五位下《じゅごいのげ》に、正親町帝《おおぎまちてい》の即位式の費用を献金いたしたことで従四位下へと昇格いたしております」

近衛基熙が述べた。

「なかなかに殊勝な先祖であるの」

「はい。今の長門守はその献金をおこなった陸奥守《むつのかみ》の直系であり、是非、先祖に倣いたいと願っており、何度も昇爵を申しこんでおりまする」

感心した後西天皇に三郎が報告した。

「それを認めぬと」

「さようでございまする」

念を押した後西天皇に三郎が首を縦に振った。

「権中納言への無礼を考えると軽すぎるが、ことを荒立てるわけには参らぬとあれば、いたしかたないか」

後西天皇がため息交じりに納得した。

「上野介、そなたが京へ参った理由はわかったが、それだけではあるまい」

不意に後水尾上皇が詰問した。

「……はい」

嘘のつける状況ではない。三郎は認めるしかなかった。

「まだあったのか」

近衛基熙が目を大きくした。

「すまぬ。多治丸には悪いと思っておる」

最初に三郎は頭を深々と下げて詫びた。

「……で、目的はなんじゃ」

まだ不満そうな目で近衛基熙が答えを言えと催促した。

「近衛家との縁を深くするように……さすれば吉良は朝廷への影響力を持ち、代々高家肝煎《きもいり》を務められると」

「左近衛少将か」

近衛基熙が苦い顔を見せた。

「恥じ入る」

三郎がうつむいた。

「責めてやるな、多治丸。我らが血筋を大事にするように、武士は家が大切なのだ。

武士は家に禄《ろく》がついて回る。その禄を守っていれば、子々孫々まで安泰でいられる。そのためにはなんでもしてのける」

後水尾上皇が近衛基熙を宥《なだ》めた。

「わかりまするが……」

近衛基熙が絞り出すように言った。

「…………」

三郎はなにも言えなかった。

「上野介のせいではあるまい」

「かたじけなきお言葉ながら、引き受けたのはたしかでございまする」

気を遣ってくれる後水尾上皇に、三郎が首を左右に振った。

「三郎」

「多治丸……」

近衛基熙に名を呼ばれた三郎が目を合わせた。

「そなたは、まだ麿の友か」

「そのつもりである」

問いかけた近衛基熙に、三郎は強くうなずいた。

「貸し一つじゃ」

「わかった。借りておく」

二人が見つめ合った。

「多治丸よ」

落ち着いた二人を見て取った後水尾上皇が割って入った。

「はっ」

近衛基熙が畏《かしこ》まった。

「この件、うまく片付けて見せよ。主上、五摂家に傷一つ付けずに始末して見せたときには、常子《つねこ》をくれてやる」

「……まことに」

近衛基熙が驚愕した。

常子というのは、後水尾上皇の第十六皇女である。内親王宣下を受けてはいないが、誰もが級宮《しなのみや》と呼んで敬意を表している。十九皇子十七皇女とじつに三十六人の子を儲《もう》けた後水尾上皇だったが、常子だけはどこにも嫁に出さず、ずっと手元においていた。

その常子を近衛基熙に降嫁させると後水尾上皇が言ったのだ。

「少し多治丸より歳上になるが、文句はあるまい」

常子は近衛基熙の六つ歳上であった。

「とんでもないことでございまする」

近衛基熙が首を横に振った。

後水尾上皇のもとで育てられていた近衛基熙は、よく遊び相手を務めてくれた常子に憧《あこが》れていた。まさに初恋の相手であった。

「上野介」

「はっ」

続いて後水尾上皇が三郎に顔を向けた。

「多治丸を手伝え」

「承知いたしましてございまする」

三郎が応じた。

「褒美として、そなたには仙洞御所出入り勝手を与える」

「ひくっ」

譲位してすでに三代経っているとはいえ、そのすべてが我が子である。後水尾上皇はいまだに朝廷において、大きな権限を持つ。

その後水尾上皇にいつでも目通りできる。これの価値がわからぬようでは、高家などやっていられない。

三郎が変な声を出したのも当然であった。

「朕からもなにかと思うが、情けなきことになにも独断では与えられぬ」

天皇の言葉は綸言《りんげん》と呼ばれている。綸言汗の如しという格言があるように、汗と同じで一度口から出た言葉はもとに戻すことは叶わぬとして、かならず実行されなければならなかった。

「いえ、宸襟《おおみこころ》を悩ませては申しわけもございませぬ」

近衛基熙が気遣いは無用にと遠慮し、

「…………」

三郎は無言で強く首を横に振った。

「では、動け。頭中将と頭弁は孤が抑えておく」

後水尾上皇が手を振った。

四

暗愚な主君のもとに佞臣《ねいしん》集まる。

いつの時代もこればかりは変わらなかった。

「参勤交代の宿に京屋敷をお選びになられてはいかがでございましょう」

朝から酒に淫《いん》している毛利長門守綱広《つなひろ》に新たな側役として仕えた錦織玄蕃介《にしごりげんばのすけ》が勧めた。

「京屋敷に泊まれと申すか」

毛利長門守が杯を置いて首をかしげた。

「はい。京へ堂々と行列を仕立てて入り、毛利の武名を公家どもに知らせるのでございまする」

「京で武を張るか」

ふたたび杯を手にして、毛利長門守が酒を口中に流しこんだ。

「織田《おだ》前右府《うふ》どののように馬揃えをするのもよいな」

安土《あづち》城を建て、天下人にあと少しというところまで来た織田信長《のぶなが》が軍勢を率いて上洛《じょうらく》し、その勇ましい姿で公家をはじめとする京の民の度肝を抜いた故事を、毛利長門守は思い出した。

「鉄炮《てっぽう》と長柄槍《やり》を持った足軽を先頭に鎧《よろい》武者、騎馬武者を揃えた。その姿は三国一そうじゃ。どれくらいの人数がおればよいかの。二千か、いや三千」

己が言ったことを毛利長門守が拡大解釈した。そのことに錦織玄蕃介が慌てた。

「う、馬揃えでございますか」

の武辺と讃《たた》えられたと言う」

「と、殿。さすがにそれは多すぎましょう」

夢見るような顔をした毛利長門守に錦織玄蕃介が、あせって制止をかけた。

「なぜじゃ。当家の参勤は、常に千人である。その千人では京の者どもを驚かすことなどできまい」

毛利長門守が怪訝そうな顔をした。

「御上から参勤の人数を減らすようにとの通達も出ておりまする」

幕府の逆鱗《げきりん》に触れるやも知れないと錦織玄蕃介が、毛利長門守をなだめた。

大名たちが威勢と見栄《みえ》を張ることで参勤交代の人数は増え続けた。参加する人数が増えると費用もかかる。金がかかれば、そのぶんだけ内政や新田開発、水路整備などができなくなってしまう。

「無駄な費えをかけるべからず」

これを憂いた三代将軍家光が、参勤交代の人数に歯止めをかけた。結果、毛利家の参勤交代の人数は千人内外となっていた。

「御上……ふん」

毛利長門守の機嫌が一気に悪くなった。

「参勤の人数が多すぎるといって咎めを受けた大名はおらぬ」

「たしかにさようではございまするが……」

幕府は参勤交代の人数を減らせと命じただけで、別段人を出して人数を数えるわけではなかった。

なにせ大名を監察する大目付は旗本の顕職であり、すさまじく矜持《きょうじ》が高い。数も五人ほどしかおらず、一々城から出て参勤交代の様子を確認するようなまねはしなかった。

となると従わなくてもいいとなるのだが、そこは世知辛い世のなかである。参勤交代に参加する人数が少なくなれば、宿泊、食事、渡し船の代金などが減る。泰平で収入増加の道を断たれた大名たちにとって、幕府の禁令はありがたい。

「ずいぶんと寂しいご様子」

仲の悪い大名に揶揄《やゆ》されたところで、

「上様のお指図に従うことこそ、大名の本分。まさか、貴殿は上様の御諚をないがしろになさるおつもりか。さては謀叛《むほん》を……」

「いや、とんでもない。上様のお言葉は金科玉条でござる。いや、失礼をいたしたようじゃ。これにて御免」

言い返せば、相手が退くしかない。

「しかし、そなたの言にも聞くべきはある。二千で我慢しようぞ」

「かたじけなき仰せ」

煽《あお》った本人が頭を垂れる羽目になった。

「鉄炮は何丁ある」

毛利長門守が錦織玄蕃介に問うた。

「存じませぬ」

「調べよ」

「ただちに」

命じられた錦織玄蕃介が小走りに御座の間から出ていった。

「酒が足りぬ。誰ぞ」

瓶子《へいじ》が空になったことに気づいた毛利長門守が声をあげた。

新しい酒が来るのと前後するように、錦織玄蕃介が戻ってきた。

「いかがであったか」

新しい酒を杯に注ぎながら、毛利長門守が訊いた。

「鉄炮奉行に聞いて参りました。江戸には上屋敷の五十丁を筆頭に、中屋敷、下屋敷、抱え屋敷なども合わせれば、八十九丁あるそうでございまする」

「八十九……たったそれだけか」

少なすぎると毛利長門守が不満を口にした。

「壊れて使えないものをくわえれば、もう少し増やせるそうでございますが」

錦織玄蕃介がおずおずと報告した。

鉄炮も傷む。少し手入れを怠っただけで、筒は錆びて、引《ひ》き鉄《がね》、火口などのからくり部分は狂う。とくに足軽が使うお仕着せの鉄炮は、最初から長期の運用を考えていない。木の台尻《だいじり》も十二分に乾燥させ、たわみを取り除いてはいないのだ。どう頑張っても十年ほどで反りが出だし、十五年もすれば台尻と筒の間に隙間ができてしまう。

そもそも足軽用の鉄炮は戦場で捨てられることを考えて、できるだけ安くすませている。足軽は家臣と違って、主家に対する忠誠など持ち合わせてはいない。負け戦となれば、お仕着せの防具、槍、鉄炮などを捨て身軽になって、最初に逃げ出すのが足軽であった。

「放つわけには行くまい」

江戸、京都で鉄炮を撃つことは禁止されていた。洛中《らくちゅう》で発射なんぞしようものならば、お家取り潰し、藩主は切腹になる。

「とにかく、見た目だけで良い」

格好だけ整えろと毛利長門守が指図した。

大坂《おおさか》の豊臣《とよとみ》家を滅ぼし、乱世が終わってそろそろ五十年になる。もう、武士の間でも鉄炮を見たことさえない者がいる。町人など鉄炮がどのような格好をしているのか、知らないのだ。

「わかりましてございまする。では、そのように」

錦織玄蕃介が手を突いた。


宮中に後水尾上皇が入られたうえ、後西天皇と親しく密談をなされた。これはたちまち世間の知るところとなった。

「なんや近衛の権中納言はんも一緒やったと聞いたで」

「主上に上皇さま、そこに近衛はん……なにがあったんやろ」

そのうちの一人でも朝廷を左右できる。まさに朝廷の中心ともいうべき人物が集まって、なにやら話をした。噂になるのは当然であった。

「三人だけか」

「らしい」

おかげで三郎のことなど、誰も気にしていない。

「頭中将はんはいてはったんやろ」

天皇の側近という立場になる頭中将なら、なにか知っているのではとなるのは当然のことであった。

「それが、あの日禁裏から下がってすぐに病やちゅうて、屋敷に引きこもったままやっちゅうで」

「頭弁はんはどうや。頭中将はんとは御神酒徳利《おみきどくり》やろ」

御神酒徳利は神に供える酒を入れるもので、左右一対で神棚に飾られる。そこからいつも一緒にいる者同士のことを御神酒徳利と揶揄した。

「そっちも病やそうや」

「うわあ。まったくの御神酒徳利やな」

噂をしていた公家たちが嫌そうな顔をした。

「しかし、頭中将も頭弁も羽林や名家としては出世頭やろ。病になんぞなったら、ここで終わるがな」

「そうやろ。そやから、余計に気になるねん。頭中将と頭弁が震えあがるほどのことが禁裏であったちゅう証拠やないか」

「たしかにな。で、あったとして、おまはんはどないすんねん」

「麿か、そんなもん君子危うきに近寄らずや。虎穴《こけつ》に入らずんば虎児を得ずとはいうけど、虎に嚙《か》み殺されたら、それまでやし」

「麿も同じ考えやな」

二人が意見の一致を見た。

だが、小物と同じ考えではすまない者もいた。

「弾正尹、どない思う」

暗闇のなか、いつものように公家たちが集まった。

「面倒なことになった」

問いかけられた弾正尹がため息を吐いた。

「たしかに面倒やなあ」

歳老いた声が同意した。

「詳細は知れてるんかいな」

別の歳老いた声が問うた。

「頭中将はん、どないや」

弾正尹が訊いた。

「問いただしたんやけどなあ。あかんかったわ。若くして頭中将にまで出世したからか、肚《はら》が据わってへん。詰め所で二人きりになったときに話を持っていったら、震え出すわ、腰を抜かすわ。それでもしつこく訊いたら、殺されると喚《わめ》きおった」

頭中将と呼ばれた歳老いた声の人物があきれていた。

朝廷に頭中将は二人いた。一人は先日後水尾上皇に睨まれた若い公家でこちらは家格に応じて順調に出世しただけの形ばかりであり、もう一人の、家格はいささか不足気味ながら蔵人を長く務め蔵人頭へと引きあげられて近衛中将を兼任した経験豊富な頭中将がこの老人であった。

「頭弁も同じやったわ。いや、それどころやない、座り小便までしおった」

嫌そうな声でもう一人の歳老いた公家が告げた。

「どっちにしろ上皇はんが、かかわってる」

「そうや」

「ああ」

弾正尹の言葉に二人の老人が首肯した。

「そして、近衛中納言がいる」

「あの童《わっぱ》が」

年若い近衛基熙のことを頭中将が罵った。

「ほういえば、近衛以外に帯剣した侍従がいたという噂もあったな」

「そうなんか」

「初耳や」

頭中将の話に、弾正尹ともう一人の公家が驚いた。

「誰や、そいつ」

「調べて、そいつから詳細を聞き出そうやないか」

弾正尹ともう一人の公家が言った。

「やろうと思うて、誰やったか調べたんやけどなあ」

頭中将が口ごもった。

天皇の側近として禁裏でも一目置かれている頭中将は、天皇の警固役も兼ねる侍従と会う機会が多い。

「皆、己ではないと首を横に振るねん」

「全員か」

弾正尹が確認した。

「全員や。直接麿が訊いたからな、まちがえてはおらん」

頭中将が断言した。

「……となると」

「残るのは一人やな」

もう一人の公家の疑問を弾正尹が受け止めた。

「吉良か」

「ああ。吉良しかいてへん」

「まだ、都においったんかいな」

頭中将と弾正尹がうなずき合うなか、もう一人の公家が首をかしげた。

「先日、弾正台へ連れられてきたんやろ。畏れ入って江戸へ逃げ帰ったもんやとばかり思ってた」

「いや、あのままずっと近衛家にいてる。衛門少志に見張らせてたさかいな。まちがいない」

もう一人の公家の疑問に弾正尹が答えた。

「なんのためにおるんやろ」

「幕府からなんぞ言い含められているのと違うか」

首をかしげた公家に続けて、頭中将が疑問を呈した。

「幕府から……か。なにがあると言うんや」

弾正尹が困惑した。

「主上のことやないか」

「ご継承時のもめごとか。しかし、あれからもう三年経つ。今さらなにがどうなっても咎めようはなかろう」

頭中将の不安に弾正尹が首を横に振った。

「となると、次か」

「次かって、いつの話になる。主上はお若いで」

「そのお若い宝算を御縮めすることが、麿たちの仕事や」

公家の発言を弾正尹が咎めた。

「たしかにそうやけど、普通は気にもせえへんで」

後西天皇はようやく二十三歳になったばかりであった。

「見抜かれている……」

「我らの目的がか」

弾正尹のつぶやきに、頭中将が反応した。

「どこから漏れた。ご先帝の……」

「口に出しな」

公家の口を弾正尹が封じた。

「そういえば白狐はどないしてんねん。今日も来てないようやけど」

もう一人の仲間がいないことに頭中将がいらだちを見せた。

「女官が夜に出歩くのは目立つとよ」

「一人、火の粉から逃げるつもりやないか」

弾正尹の返答に頭中将が不満を述べた。

「まさか、我らを幕府に売ったのではなかろうな」

「それはない。あっちが売るということは、こっちから売られてもええちゅうこっちゃ。その辺のことくらい、あの白粉顔《おしろい》でもわかっているはずや」

弾正尹が頭中将を宥めた。

「問題は仲間内のことやない。吉良や。吉良をどうにかして捕まえんとあかん。あやつから直接聞き出せば、全部わかるからな」

「そう、簡単にいくか」

頭中将が弾正尹の考えに不安を見せた。

「手はある。任してもらう」

弾正尹が胸を張った。

第二章　ぶつかる役儀

一

吉良義冬《きらよしふゆ》は、目付立花主膳正《めつけたちばなしゆぜんのかみ》の脅しを受けた後も動かなかった。

「浅いの、思案が」

義冬は目付たちの考えをしっかりと読んでいた。

目付たちは、義冬が慌てて三郎《さぶろう》を呼び戻すのを待っているのだ。今も吉良の屋敷を見張り、三郎とおぼしき者が帰ってくるのを捕らえようとしているはずである。

「目付は使いものにならぬ」

表情と言葉と声音とはまったく裏腹のことを考えている公家たちを相手にしてき

た義冬にとって、立花主膳正など敵ではなかった。

「見張りをしてくれているならば、利用させてもらおう」

義冬が小さく笑った。

「平右衛門《へいえもん》はおるか」

「……お呼びでございましょうか」

すぐに壮年の家臣が顔を出した。

「うむ。早川伝庵《はやかわでんあん》を呼び出せ」

「お医師を……どこかお具合でも悪うございまするか」

小林《こばやし》平右衛門が気遣った。

「余ではない。三郎じゃ」

「若君さま……」

言われた平右衛門がより混乱した。

「そうか、なにも話しておらなかったの。じつは……」

「目付が、そのようなことを」

平右衛門が憤った。

「早速に若と平八郎《へいはちろう》を呼び戻さねば……」

「待て。それこそやつらの思うつぼよ」

腰を上げかけた平右衛門を義冬が制した。

「思うつぼと仰せでございまするか」

「うむ。今ごろ屋敷は目付の手の者で見張られておろう」

「なんと、高家《こうけ》の屋敷を見張るなど無礼千万。ただちに捕らえ、咎《とが》め立てをいたさねばなりませぬ」

「落ち着け」

逸《はや》る平右衛門を義冬が抑えた。

「そなたは血の気が多すぎる。息子のほうが肚《はら》を据えておるぞ」

義冬があきれた。

「……はあ」

納得できないといった顔ながら、平右衛門が腰を落ち着かせた。

「見張りに気づいていることを相手に教えてしまうよりは、それを利用したほうがよかろうが」

「それは仰せのとおりでございますが」

「どうするかを教えてくれるわ。医師を屋敷に招く、つまり病人がおるということだ」

「なるほど。医師を招くことで、屋敷に病人が、つまり三郎さまがおられるということにできると」

話を聞いた平右衛門がようやく納得した。

「伝庵は番医師《ばんいし》ではない。番医師ならば目付の手の者に問われれば従わざるを得ぬが、町医者ならば別じゃ。患家のことを外に漏らせば、医師としてやってはいけぬ」

番医師とは幕府から禄《ろく》をもらっている奥医師《おくいし》、寄合《よりあい》医師、表御番《おもてごばん》医師などのことだ。将軍とその家族を診る奥医師ともなればその権威は大きく、諸大名や豪商を相手にするだけで蔵が建つ。なにせ一度の診療で十両から百両といった礼金がもらえる。

しかし、奥医師以外はそれほどのものではなく、百俵の扶持《ふち》と礼金が増えていどでしかない。さらに奥医師以外は世襲できない一代抱えで、息子がよほどできがよくなければ、職を解かれた。それでも当番の日は登城し、一日詰めていなければならず、宿直《とのい》番ともなれば、一昼夜拘束される。しかも江戸《えど》城で患者を診たからといって、礼金は一切もらえない。個別に後日謝礼をくれる場合もあるが、まずまちがいなく当番や宿直番の日は減収になる。

「奥医師になり、天下に名を響かせる」

「子孫のため、奥医師となり禄を」

こういった野望でもなければ、市井で評判のいい医者をしているほうが、うるさくいう役人もいないし、実入りもいい。

「町医者に当家を敵に回す価値があると思うか、平右衛門」

「思いませぬ」

吉良は早川伝庵の患家というより、後援者に近い。開業したてで患家も少なく苦労していた早川伝庵の腕を見こんだ義冬が金を出し、患家を紹介して一人前の医者にした。

もし、早川伝庵が吉良家を裏切るようなまねをすれば、あっという間に医院は潰《つぶ》れ、一族郎党路頭に迷うことになる。

別段、これは吉良家が医者の重要性を感じ、利害を無視して援助したわけではなかった。

吉良家をはじめとして、名門と呼ばれる旗本、大名にはお家騒動が付きものであり、毒を盛った、盛られたなど珍しい話ではない。

そういった事態にならぬよう、あるいはなったときに、適切な治療を受けられる信用できる医師が要る。

それが吉良家における早川伝庵であった。

「では、早川を急ぎ、召し出しましょう」

「慌てるなと申したであろう」

またも腰をあげかけた平右衛門に、義冬が嘆息した。

「すでに日暮れに近い。こんな刻限に医者を呼び出してみよ、急病人が出たと思われるだろうが」

日頃と違うことは、周囲の目を惹《ひ》く。高家肝煎《きもいり》という旗本最高位の役目を狙っている者は多い。

同じ高家はもちろん、大名のなかにも吉良家に取って代わろうと企《たくら》んでいる者は少なくない。鎌倉《かまくら》時代に地頭《じとう》として領地を与えられて代々受け継いできた家、清和《せいわ》源氏《げんじ》嫡流を名乗る家、五摂《ごせつ》家《け》の流れだと自慢している家など、出自を誇る者は多い。

とはいえ、それをまともに信じている者は少ない。なにせ徳川《とくがわ》家さえ、吉良家の系図を借りて源氏の裔《えい》だと名乗り、将軍となったのだ。

「どこの馬の骨が……」

「清和源氏……盗賊のまちがいだろう」

面と向かっては言わないが、陰口は叩《たた》かれている。そして陰口というのは、本人に聞こえないよう気を遣うものだが、そのほとんどが聞こえよがしなのだ。

それを怒れば、むきになりすぎだとかえって心証は悪くなる。

「高家になれば……」

吉良は源氏、今川《いまがわ》はかつて徳川の主家であった、大沢《おおさわ》は室町《むろまち》幕府の朝廷交渉担当だった、上杉《うえすぎ》は関東管領《かんとうかんれい》を務めた家柄であったと、基準はまちまちだが、それでも幕府によって認められた名門である。

その名門の陰口を言うのは、幕府へ喧嘩《けんか》を売っているのと同じになる。

「是非、高家に」

そう願って幕閣へ運動しても、名門というのは希少だからこそ値打ちがある。

「徒《いたずら》や疎《おろそ》かで高家を増やすことは叶《かな》わじ」

幕府は容易に高家を増やそうとはしない。

そうならば高家に欠員を作ればいい。高家のどれかを陥れて、その座から追い落とし、代わりにそこに入りこむ。新規高家に認められるよりは、はるかにこちらのほうがたやすい。

「では、明日の朝にでも早川伝庵のもとへ使者を向かわせましょう」

「いや、使者では話ができぬ。当家へ来るまでに打ち合わせをすませておきたい。悪いが、そなたが直接出向いてくれ」

当主とはいえ、家臣筆頭でもある用人には、ていねいに話をしなければならない。義冬が平右衛門へ頼んだ。

「お任せを」

平右衛門が胸を張った。


参勤交代は大名の義務であり、江戸へ入府したときも出府するときも将軍への挨《あい》拶《さつ》が要った。

「毛利《もうり》長門守《ながとのかみ》、お暇乞《いとまご》いに参上いたしておりまする」

奏者番《そうじゃばん》が毛利長門守の名前と用件を家綱《いえつな》へ告げた。

「うむ。長門守、それへ」

家綱が毛利長門守を扇子で招いた。

参勤の暇乞い、出府の挨拶にも家格が大きくものを言った。

幕府にとってどうでもいい数万石ていどの外様《とざま》大名の場合は、同じ時期に暇乞いする者を集めて、まとめてやってしまう。

将軍の言葉も短い。

「道中気を付けよ」

「国元をよく治めよ」

そう言うと将軍は引っこんでしまう。大名たちが持ってきた贈りものも披露されないことがある。

それが格が上がるに連れて変わってくる。

まず面談の場が大広間から、書院になる。将軍家と近い御三家《ごさんけ》や加賀《かが》の前田《まえだ》とかになれば、御座《ござ》の間でとなる。

毛利家はそこまで優遇されてはいなかった。松平《まつだいら》の姓を与えられてはいるが、一門扱いはされていない。毛利家は国持大名としての格式で、将軍と対面する。

「このたび、上様のご厚恩をいただき国元へ帰らせていただきまする」

「うむ、ご苦労であった。道中気を付けて参るように」

「かたじけなきお言葉」

この遣《や》り取《と》りが終わった後、毛利家からの献上品が目録を読みあげることで披露され、それに応じた形で将軍家からの下賜品目録が下げ渡される。

これで参勤の暇乞いは終わった。

「天文方《てんもんかた》、占《うらな》い方《かた》によりますれば、お旅立ちは三日後がよろしいかと」

参勤交代で江戸を出立する日が決まった。

天文方は星の動きを見るだけではなく、天気の状態も調べる。旅立ちの日が雨では縁起が悪いし、どうしても歩みも遅くなる。なにより雨が続けば、六郷《ろくごう》の渡し、大井川《おおいがわ》の渡しが増水で使えなくなることにも繋《つな》がりかねない。

また、占い方は道中の安全を占う。

これらも戦国の出陣をなぞっていた。

「殿」

「なんじゃ」

江戸城から下ってきた毛利長門守が機嫌悪そうな声で応じた。

「お目付立花主膳正さまとおっしゃるお方が、お見えでございまする」

「……目付だと」

毛利長門守が目を吊《つ》り上げた。

「なにをしに来た。余を咎め立てにか」

「いえ、お一人でございまする。なにやらお話をしたいことがあると」

警戒する毛利長門守に、近習《きんじゅ》が首を横に振った。

「話をか……わかった。客間へ通せ。武者隠しに何人かを控えさせておけ」

「はっ」

近習が首肯した。

客間には武者隠しが付きものであった。客がいつ刺客に変わるかわからないからだ。

ただの襖《ふすま》、あるいは壁に見せかけた武者隠しに腕利きの藩士を控えさせ、万一のときには飛び出してきて、主君の身を守る。

幕府の役人相手に、武者隠しを使うのは無礼だと取られるが、毛利長門守はそのようなことは気にもしていなかった。

「立花主膳正さまを客間にお通しいたしましてございまする。武者隠しの用意もできておりまする」

戻ってきた近習が告げた。

「では、参るか」

毛利長門守が立ちあがった。

二

三郎と近衛基熙《このえもとひろ》、そして小林平八郎の三人が近衛屋敷の書院に集まった。

「衛門少志《えもんのしょうさかん》の顔を覚えておるか」

「我らを捕まえようとした奴か。それならばしっかりと覚えておる」

近衛基熙の確認に、三郎がうなずいた。

「まずはそやつらを捕まえようぞ」

「小物だぞ」

三郎が反対した。

「どうせならば、弾正尹《だんじょうのいん》を締めあげるべきだろう」

いきなり核心に迫るべきだと三郎が提案した。

「弾正尹といえば、大納言《だいなごん》を兼ねるかなり高位の公家《くげ》ぞ。いきなり捕まえて、もし何も出てこなければ、こちらに反動が来る」

近衛基熙が首を左右に振った。

「それよりは手先たちを捕まえて、そやつらを厳しく詮議《せんぎ》し、証拠を集めておくべきだと思う」

「下からたぐるか」

「そうだ」

三郎の言葉に近衛基熙が首肯した。

「迂遠《うえん》ではないか」

下っ端の数は多い。そこを一々調べていくのは手間だと三郎が懸念を表した。

「そういたさねば、殺されるで」

近衛基熙が感情をそぎ落とした声で告げた。

「殺される……口封じか」

ようやく三郎が気づいた。

「そうや。我らが弾正尹に手を出した途端、手足だった連中は口封じされるぞ」

「弾正尹が大将ではないと言うのだな」

「そうや。たしかに弾正尹は高位の公家が任じられる。手を出してなにもありませんでしたは通らぬ。そうなったら、麿《まろ》はまだいい。近衛の当主だからな。せいぜいが出世が遅くなり、関白《かんぱく》、摂政《せっしょう》の目がなくなるくらいやさかいな。しかし、おぬしは違う。四位《しい》の侍従《じじゅう》とはいえ、武家や。よくて官職剝奪《はくだつ》、悪ければ自裁させられるで」

「死など怖れぬ」

三郎が胸を張った。

「阿呆《あほう》、死んだら終わりや。そこでおまはんは終わってもええやろうけど、吉良の家はどうなる。潰されるぞ」

「………………」

家が潰れる。これは武士にとってなによりも辛《つら》いことであった。

「ええか。弾正尹を捕まえるときは、足元を固め終わってからや」

「悠長なことをしていてよいのか。逃げられてしまうぞ」

「逃げる……ああ、それはない」

危惧《きぐ》する三郎に近衛基熙が手を振った。

「なんで言い切れる」

三郎が訊《き》いた。

「朝廷から離れて、公家が生きていけるわけがないやろ。後水尾《ごみずのお》上皇さまはお怒りや。主上も同じやで。参内しなくなった公家は潰されるわ。そうなれば家禄は入ってこうへん。微々たるもんやけど、禄以外の収入のない公家は簡単に干上がる」

近衛基熙が皮肉げな顔を見せた。

公家のなかには書道や蹴鞠《けまり》、琴などの家元として、免状を発行するときに礼金をもらう者もいたが、ごく少数である。ほとんどの者は、禄以外に収入を持っていなかった。

「朝廷で謀叛《むほん》をおこそうとした。そんな者を誰が受け入れる」

「誰も受け入れはせぬな」

三郎もようやく納得した。

「しかし、いつまでも吾《われ》は京におられぬぞ」

あくまでも三郎は旗本であり、京に居続けることはできない。

「わかっておる。下っ端のすべてを確保したいところじゃが、そうもいかぬ。あるていどの数が揃えば、よしとする」

近衛基熙がこれでも妥協しているのだと言った。

「……承知」

「先走るなや。おまはんは思ってるよりも血の気が多いさかいな」

「馬鹿なまねはせぬ」

釘《くぎ》を刺されて、三郎は首を横に振った。

「頼むで。ほな、まずは近いところからいこか。今出川御門《いまでがわごもん》の衛門少志がええやろ」

近衛家の屋敷は今出川御門に隣接している。手近なところから始めようと近衛基煕が提案した。

「まずは、目標となる人物がいるかどうかを確かめよ」

衛門少志は連日勤務ではなく、当番、宿直番、非番を繰り返す。大仰に今出川御門脇の衛門控えに乗りこんで、本人がいなければ、恥をさらすだけでなく、そこから話が漏れて逃げ出されてしまう可能性もある。そうなっては、最初で躓《つまず》くことになり、ことの成功はおぼつかない。

「そうだな」

近衛基煕の策に三郎が同意した。

衛門府はもともと一つであったのが、内裏の拡大に伴って左右の二つになった。衛門府の長官は従四位《じゅしい》衛門督《えもんのかみ》で、その下に従五位《じゅごい》の衛門佐《すけ》、従六位《じゅろくい》あるいは正七位《しょうしちい》の衛門尉《じょう》、正八位《しょうはちい》の衛門大志《だいさかん》、従八位《じゅはちい》の衛門少志が続く。検非違使《けびいし》もともとは衛門府の管轄であったが、後に衛門府の権限を奪い、地位の逆転を起こした。

その検非違使も今は零落して、見る影もない。

もちろん衛門府も形だけのものとなっている。

「衛門というのは、武官であろう」

「武官だな」

たしかめる三郎に、近衛基熙がうなずいた。

「剣なり、槍《やり》なり、遣えるのか」

場合によっては衛門の詰め所で暴れることになる。そのときのため、三郎は衛門の実力を知ろうとした。

「衛門がか。まあ、犬よりはうまく遣えるかも知れんなあ」

「犬は剣も槍も持てぬぞ」

「しゃあから、犬よりましやと」

「遣えないのだな」

近衛基熙の表現に三郎が苦笑した。

「遣えるわけないわ。余得のないうえに出世の望みもない衛門大志、衛門少志になりたがる者がおらへんねん。指名されてもああだこうだちゅうて逃げよる」

「あのときの者は、衛門少志だと名乗ったぞ」

三郎が首をかしげた。

「なり手がないさかい、公家やない門部《かどべ》ちゅう雑役の連中を衛門少志、衛門大志と名乗らしてるねん。門部たちも任にある間は公家になれるさかい喜んで引き受けてくれるんや」

「……なんともまあ」

近衛基煕の話に三郎があきれた。

「しゃあないわな。権威を、血筋をなによりとしている朝廷でも、一つ皮を剝《む》けばこうや」

情けないと近衛基煕が自嘲《じちょう》した。

「抵抗はなしと考えてよい……か」

「のようでございまする」

三郎の呟《つぶや》きに、小林平八郎が同意した。

「……おるかの」

近衛家の表門を開けて、三郎が今出川御門のほうを見つめた。

「あれだ」

「御免を」

三郎がそれらしい人物を見つけ、小林平八郎が身を乗り出した。

「……まちがいございませぬ」

小林平八郎が確認した。

「行くぞ」

近衛基熙が、先頭に立った。

「……うわ、近づいてくるがな」

衛門少志が近衛屋敷を出てきた三人に気づいた。

「なに言うてるねん」

別の衛門少志が怪訝《けげん》な顔をした。

「言うたやろ、弾正尹はんから連れてこいと言われた連中のこと」

「ああ、思い出したわ」

別の衛門少志が首肯した。

「あれはすんだ話や。もう連れていったさかいな」

「用がすんだから帰されたんとちがうんか」

「その割には、剣呑《けんのん》な顔付してるで」

「知らんがな」

怯《おび》える衛門少志にもう一人が冷たく言った。

「褒美もろたんやろ。ほな、最後までしいな」

別の衛門少志がすがりつこうとした衛門少志を突き放した。

「ううっ」

衛門少志が詰まった。

「麿が誰かは言わぬともええな」

近づいた近衛基煕が告げた。

「へ、へえ」

衛門少志が気弱な応対をした。

「こっちの紹介は要るか。上野介《こうずけのすけ》兼侍従の吉良三郎はんや」

「侍従……」

「そうや。仙洞御所《せんとうごしょ》の侍従も兼ねてる」

いつ来てもいいというのを、近衛基煕が拡大解釈した。

「仙洞御所の……ひいっ」

その意味を悟った衛門少志が悲鳴をあげた。

「麿の用件はわかってるやろ」

「…………」

衛門少志が今出川御門の外へと逃げ出した。

「平八郎、捕らえよ」

「お任せを」

三郎に言われて小林平八郎が衛門少志を追いかけた。

「堪忍やあ」

衛門少志が泣きながら走ったが、剣術の修業を重ねた小林平八郎に敵《かな》うはずもなく、二十間（約三十六メートル）ほどで抑えこまれた。

「……引っ立てましてございまする」

小林平八郎が衛門少志の両腕を後ろに極《き》めて連行してきた。

「大儀であった」

「天晴《あっぱ》れやな」

三郎と近衛基煕が小林平八郎を称賛した。

「さて、そこで見てるのは、衛門大志やな。来よ」

詰め所の陰から様子を窺《うかが》っている初老の衛門大志を、近衛基煕が手招きした。

「……へい」

しぶしぶ衛門大志が近づいてきた。

「聞いてたな」

「なにをでおじゃりましょう」

公家らしい口調で衛門大志がごまかそうとした。

「そうか。聞こえなかったか。ほな、もう一回言うてやろう」

近衛基煕が口の端を吊りあげた。

「上皇さまのお指図でこやつを捕縛する。ええな」

「こやつがなにをしでかしたので」

せっかくの公家口調を忘れて、衛門大志が尋ねてきた。

「誘われていたのであろう」

衛門少志は今出川御門ではもっとも下っ端になる。その下っ端が役目を外れて勝手なまねをするには、上司を取りこむに限る。

近衛基煕が疑いの目を向けた。

「こ、断りました」

衛門大志が何度も首を左右に振った。

「そうか。よかったの、断っておいて。後水尾上皇のお怒りに触れずにすんだぞ」

「……あくっ」

後水尾上皇の恐ろしさは、洛中《らくちゅう》で知らない者はいない。衛門大志がみょうな声をあげて激しく息を吸った。

「まじめに務めや」

「へ、へい」

近衛基熙に言われた衛門大志が大きくうなずいた。

「……理由を聞かなかったの、あやつ」

少し離れたところで、先ほど衛門少志がなにをしたのかと問うておきながら、その答えを得ることなく衛門大志が近衛基熙の言葉に従ったことを、三郎は皮肉った。

「小物ほど、近づいたらあかんことを嗅《か》ぎ分けるもんや」

近衛基熙が嗤《わら》った。

「そういうものか」

よくわからないと三郎が首をかしげた。

「さて、屋敷でゆっくり話を聞かせてもらおう」

衛門少志に近衛基熙が言った。

「………」

「口をつぐんでもええけどなあ。主上のお耳にも入ってる。洛中に居場所はないで」

「主上のお耳に……」

教えられた衛門少志が震えあがった。

「平八郎、放してやれ」

「はっ」

近衛基煕に命じられた小林平八郎が衛門少志から手を離した。

「えっ、助けてもらえますので」

衛門少志が驚いた。

「ああ、どこへでも行き。ただし、麿たちは助けへんぞ」

「助ける……」

手を振った近衛基煕に衛門少志が唖然《あぜん》とした。

「麿たちに顔を知られているそなたを、弾正尹が放置しておくかの」

「殺すと……」

「さあの。麿は弾正尹ではないのでわからんの」

近衛基煕がにやりと笑った。

「そんな……ことがすんだら弾正少疏《しょうさかん》にしてくれると」

衛門少志が蒼白《そうはく》になりながら言った。

弾正少疏は弾正台の最下級役人であるが、正八位上と地下人ではなく、公家の一員になる。門部からすれば、大いなる出世であった。

「弾正尹は優しいの。磨ならば知りすぎた道具は捨てるがの。もう使うことのないものは、置いておくだけでも邪魔であろう」

「…………」

衛門少志が脂汗を流し始めた。

「助けてやるぞ」

近衛基熙が手を差し伸べた。

三

毛利長門守は、目付立花主膳正と対峙《たいじ》していた。

「……本気か」

「冗談を言うほど軽い話ではござらぬ」

息を呑《の》んだ毛利長門守に立花主膳正が応じた。

「むうう」

「…………」

唸《うな》る毛利長門守を立花主膳正は無言で見つめた。

「余に何の得がある」

「目付は毛利家、いや貴殿に手を出さぬ」

「意味のないことだな。余には目付に口出しされることなどない」

立花主膳正の条件を毛利長門守が鼻で笑った。

「幸せな御仁じゃ」

今度は立花主膳正が笑った。

「なんだと」

気の短い毛利長門守が、憤った。

「月次登城に出ぬこと幾たびあった」

「病じゃ。回数は数えておらぬ」

痛いところを突かれた毛利長門守が横を向いた。

「病のう。上野《うえの》の桜はどうであった。品川《しながわ》の魚はうまかったか。根岸《ねぎし》の梅は薫ったか」

「…………」

指摘した立花主膳正に毛利長門守の目が大きく拡がった。

「病と言いながら出歩くのは、御上を侮っておるのか」

「……病気平癒祈願と転地療養である」

ものは言いようだと、毛利長門守が反論した。

「たしかに病気平癒、転地療養はかまわぬ」

「…………」

立花主膳正の言葉に毛利長門守が安堵《あんど》の表情を浮かべた。

「だが、それは月次登城の日を避けるべきである。病気平癒祈願、転地療養に移動できるならば、登城できるはずじゃ」

月次登城は大名の義務である。屋敷から出るだけの体力、気力があるならば、登城するくらいはできる。

「されど、登城中に病気が悪化しては……」

「登城中に死ねるならば、大名として本望であろう」

迷惑をかけるわけにはいかないと言いわけしかけた毛利長門守を、立花主膳正が一刀両断にした。

「わかったか。これだけでもそなたを隠居させるくらいはできる」

立花主膳正が目付としての口調になった。

「毛利元就《もとなり》公の直系を……」

「徳川に刃向かった毛利と言い換えよ」

いつもの理由も立花主膳正に一蹴《いっしゅう》された。

「忘れるな。毛利は徳川の敵であることを」

「うっ」

そこまで言われたことのない毛利長門守が詰まった。

「さて、返答やいかに」

「引き受ければ、余は咎められぬのだな」

立花主膳正に迫られた毛利長門守が確かめた。

「今までのぶんはな。今日からのことまでは知らぬ」

「それは……」

「隠居するか」

条件を引きあげようとした毛利長門守に、立花主膳正が冷たい声をぶつけた。

「……わかった。だが、成否は保証できぬぞ」

「そこまでは期待しておらぬ。ようは吉良の上屋敷へ押し入ってくれればいい。あとはこちらでなんとかする」

念を押した毛利長門守に立花主膳正がうなずいた。

「日時も任せてくれるのだな」

「手配もあるだろう。任せる」

立花主膳正が認めた。

「ならば、わかった」

毛利長門守が首肯した。

吉良家の上屋敷を襲う。簡単なように思えて、非常に難しい。なにせ吉良家の屋敷は曲輪《くるわ》内にある。大番組《おおばんぐみ》や数万石ていどの外様大名が守るその門を無事に通り抜け、しっかりと閉じられた大門を突破しなければならなかった。

言うまでもなく、乱暴狼藉《ろうぜき》は目立つ。それこそ大門を破る前に、大番組を敵に回すことにもなりかねない。

「家臣を使うことはできぬ」

万一、藩士が大番組に捕らえられるようなことになれば、毛利家の名前が表に出る。それだけは避けなければならなかった。

「となると牢人《ろうにん》だが……」

毛利長門守が悩んだ。

「よろしゅうございましょうか」

襖を少し開けて、江戸家老《がろう》の福原《ふくはら》が顔を見せた。

「……そなたの顔は見たくないと申したはずだが」

すでに悪かった機嫌をより酷《ひど》くして、毛利長門守が福原を睨《にら》んだ。

「お目付さまのお話はどのようなものでございましたでしょう」

福原が毛利長門守の文句を無視して訊いた。

「そなたにはかかわりがない」

毛利長門守がそっぽを向いた。

「江戸家老たるわたくしにかかわりがないということは、藩にもかかわりがないということでよろしゅうございましょうか」

「かまわぬ」

わざとらしい確認をする福原に、毛利長門守がうなずいた。

「では、これにてご無礼をいたしまする」

福原が襖を閉めて、下がっていった。

「玄蕃介《げんばのすけ》をこれへ」

毛利長門守が寵臣《ちょうしん》を呼んだ。

「殿、お召しをいただきかたじけのうございまする」

襖を開けて入ってきた錦織《にしごり》玄蕃介が手を突いた。

「おう、参ったか。近《ちこ》う寄れ」

「はっ」

招かれてもすぐには動かないのが、寵臣である。ご威光にあてられて動けないといった振りをしなければならない。

「よい、よい。余が許す。参れ」

「はっ」

そこで錦織玄蕃介が膝《ひざ》で少し進んだ。

「もそっと近う」

「ご無礼を承知で御側に寄らせていただきまする」

もう一度呼ばれてはじめて、錦織玄蕃介は毛利長門守の目の前に移動した。

「そなたに頼みがある」

「殿、頼みなどと仰せられまするな。玄蕃介、これをせよとお命じくださいますよう」

「愛《う》い奴よな。では、そなたにやらせようぞ」

毛利長門守が錦織玄蕃介の態度に喜びながら、立花主膳正から言われた吉良家襲撃の件を告げた。

「……殿、まことに吉良家を襲えと」

「嘘や冗談で言えることではなかろう」

表情を硬くした錦織玄蕃介に、毛利長門守が告げた。

「できぬと申すのではなかろうな」

「とんでもないことでございまする。この玄蕃介、殿のお指図ならば、たとえ一人であろうとも吉良家に討ち入ってご覧に入れましょう」

疑わしそうな目をした毛利長門守に、錦織玄蕃介が首を横に振った。

「うれしいことを言うてくれる。しかし、失敗は許されぬのだ。そなたの能力を疑っているわけではない。吉良邸の大門を破り、なかへ躍りこむのだ。一人ではとても足りるまい」

「……はい」

毛利長門守の言いぶんに錦織玄蕃介が首肯した。

「それにの。当家の者とわかっては困る。襲撃する者どもは率いてもらうが、そなたに討ち入ってもらうわけにはいかぬ。吉良屋敷まで連れていき、打ちかかったところで距離を取れ」

「うむ」

「お家の名前が出てはまずいのでございますな」

「となれば、当家とかかわりのない者どもを雇うことになりまするが……」

「金は要るだけ遣ってよい」

窺うような錦織玄蕃介に毛利長門守が告げた。

「表門を打ち破り、なかへ入りこむ。別段、吉良の当主や嫡男を討たずともよろしいのでございますか」

「そこまでは不要じゃ」

尋ねた錦織玄蕃介に毛利長門守が述べた。

「でございますれば……四千石ならば士分、足軽を合わせて百二十人ほど」

軍役に合わせて錦織玄蕃介が指を折った。

「そのすべてが上屋敷におるわけではない。下屋敷、国元にも人はいる。上屋敷におる者は、せいぜい四十人ほどだろう」

人数で弱気になられては困る。毛利長門守が少なめに言った。

「四十……それを排し、屋敷の奥まで入りこむとなれば……二十人は要りましょう」

「二十人か。まあ、そのくらいは覚悟せねばならぬか」

毛利長門守が意外と多い人数に気落ちした。

「お家とかかわりのないもので、二十人となると、いささか厳しいの」

毛利長門守が唸った。

「金がかかりまする」

思い切って金のことを錦織玄蕃介が口にした。

「金なら勘定方《かんじょうかた》に言え。いくらでも出すはずだ」

毛利長門守が保証した。

「金で牢人を雇うしかございませぬ」

「それでよい」

錦織玄蕃介の考えを毛利長門守が認めた。

「日限はいつでございましょう」

「いつまでにとは言われておらぬ」

毛利長門守が答えた。

「ならば人を集めることもできましょう」

錦織玄蕃介が安堵した。

「まずは人集めからじゃの。任せた」

「はい」

毛利長門守にことを預けられた錦織玄蕃介が平伏した。

藩士を使うのであれば、どのようなことをさせても禄のうちですむが、人を集めるには金が要る。また、できる者ほど費用は嵩《かさ》んだ。

「勘定奉行《ぶぎょう》どのはおられるか」

主君の前から下がった錦織玄蕃介は、その足で勘定方詰め所を訪れた。

「誰か……錦織か」

声かけに応じた勘定奉行が嫌そうな顔をした。

「殿のご諚《じょう》でござる。金子を用立ててもらいたい」

「……殿のか。なればならぬ」

勘定奉行があっさりと断った。

「聞こえなかったのか。殿のお指図であるぞ」

「そちらこそ聞こえなかったのか。ならぬと返答したぞ」

驚いた錦織玄蕃介に、勘定奉行が反駁《はんばく》した。

「殿がお怒りになられるがよいのか」

「そちらこそご家老に確認したか」

「福原どのになにを確認すると」

勘定奉行の言葉に錦織玄蕃介が戸惑った。

「拙者は忙しい。知りたければ、直接訊いてこい」

そう言うと勘定奉行は仕事に戻った。

「どういうことだ」

困惑しながら錦織玄蕃介は、御用部屋へと急いだ。

「ご家老さま」

「……そなたか。金は出さぬぞ」

錦織玄蕃介の顔を見るなり、福原が首を左右に振った。

「殿の……」

「ああ、無駄じゃ。さきほど殿から藩の金は要らぬとの言質《げんち》をとってある」

毛利長門守の名前でなんとかしようとした錦織玄蕃介を福原が止めた。

「えっ」

予想外のことに錦織玄蕃介が驚いた。

「殿の御手元金でなさるならば、なにも言わぬ」

御手元金とは、毛利長門守の自在に使える金のことだ。もっとも関ヶ原《せきがはら》の敗戦で領地を大幅に削られたうえ移封させられ、そこへ新たな城を建築したため財政の逼迫《ひっぱく》している毛利家である。毛利長門守の御手元金は一年で十両ほどしかない。もちろん、浪費の激しい毛利長門守である。そんなものとうに使い果たしている。

「ご、御免」

福原の対応に呆然《ぼうぜん》とした錦織玄蕃介が、毛利長門守のもとへと急いだ。

「……なんじゃと」

錦織玄蕃介から事情を聞いた毛利長門守が驚愕《きょうがく》した。

「金は出せぬと」

「馬鹿を言うな。余が藩主ぞ。藩のものはすべて余のものである。たかが家老ごときが主君の意を潰《つい》えさせるなど」

毛利長門守が怒りのまま、御用部屋へ足を踏み入れた。

「きさま、余の命をなんじゃと」

「金は要らぬと仰せでございました。一度口から出た言葉は取り消せませぬ。まさか、毛利家の当主たるお方が、前言を、それも舌の根も乾かぬうちに翻されるとは」

「うっ……」

正論に毛利長門守がうめいた。

「なぜ金が要るのでございますか。お目付さまとどのようなお話をなさいました」

福原が毛利長門守に詰め寄った。

「…………」

「お話しいただかねば、金は出せませぬ」

「余の金ぞ」

「いいえ、藩の金でございまする」

「何が違う」

「殿が亡くなられても藩は続きまする」

問うた毛利長門守に福原が返した。

「余より藩が大事か」

「はい。藩には殿を頂点に足軽、小者まで万をこえる者が属しておりまする。藩が潰れれば、これだけの者が路頭に迷うのでございまする。それとも殿がお一人ですべてを背負われまするか」

「…………」

福原に睨みつけられた毛利長門守が黙った。

「……藩が危なくなる」

力なく毛利長門守が口を開いた。

「すべてお話しくださいますよう」

「目付が……」

要求した福原に、毛利長門守が語った。

「……ついに参りましたか」

福原が嘆息した。

四

幕府の職制だと、大名の監察は惣《そう》目付、今の大目付の担当になる。もともと惣目付という名前のとおり、大名、旗本、役人のすべてを監察していたが、あまりに激務なうえ、権力の集中という問題があからさまになったことで、職務を分轄することになった。

　惣目付の役目のうち大名への監察部分を大目付が、それ以外の旗本、役人を目付が担う形に変更された。

　そのままであれば、問題はなかった。

　大目付がやり過ぎた。惣目付という広範囲な権限のほとんどを失ったことに、大目付たちが焦った。

　結果、些細《ささい》なことでも見逃さず、大名を訴追した。

　大目付も目付も監察と訴追は出来るが、咎めを決めることも処分を言い渡すこともできない。大目付、目付もそこに至らせるまでが仕事であり、訴追された大名や旗本をどうするかの審議をし、裁決を下すのは評定所《ひょうじょうしょ》がおこなうのだ。

　評定所は基本老中《ろうじゅう》を筆頭に、寺社奉行《じしゃぶぎょう》、勘定奉行の合議で開かれる。訴追の内容によっては、若年寄《わかどしより》、町奉行《まちぶぎょう》などが加えられることもある。

　もちろん、訴追にかかわった大目付、目付も臨席するが、老中たちの質問に答えるだけで、裁決への口出しは認められていない。

言いかたを変えれば、大目付、目付は訴追だけして、あとは評定所へ丸投げであった。

「我らこそ惣目付にふさわしいと、今一度ご執政方に見ていただかねばならぬ」

大名だけと制限を喰《く》らった大目付たちが、働いていますよ、有能ですよと誇示するためにとりあえず訴追した。

「このていどのことにかかずらっておれるか」

「忙しい時期に」

訴追があれば、評定を開かなければならない。

そのたびに老中たちの仕事が止まる。

「よい加減にいたせ」

「無駄なまねをさせるな」

夜もまともに眠れないほど老中は忙しい。そこに己の勝手で仕事を増やす。

老中たちが大目付に怒りを覚えるのは当然であった。

「なにもするな」

こうして大目付は権限のほとんどを取りあげられ、大名の監察も目付の役目となった。

その目付に毛利長門守は目を付けられていた。

「だから、おとなしく屋敷でお過ごしをと申しあげました」

立花主膳正との遣り取りを聞いた福原が、今こそ好機と毛利長門守に説教をした。

「ううう」

さすがの毛利長門守も反論はできなかった。

「今までのことは知らぬ顔をすると立花主膳正さまは言われたのでございますな」

「ああ、約束を果たせばそうしてくれると」

毛利長門守が勢いのない声で応じた。

「その約束が、吉良家への討ち入り……」

福原が苦い顔をした。

毛利家は吉良家と絶縁状態にある。大本は毛利長門守が従四位への昇爵を求めたことにあった。

武家の官位は律令の令外《りょうげ》にあるとはいえ、任官を認めるのは朝廷である。当然、任官を認めてもらった大名は、その御礼として朝廷へ金を納める。ただ、朝廷と大名の繫がりが強くなることを嫌った幕府が、その礼金を代表して献上する形にした。

任官、昇爵を望む者は、あらかじめ高家へそれなりの金額を預け、朗報を待つ。言うまでもないが、その金額は望む官位によって変わる。四位ともなれば、大名のなかでもかなりの名門でなければ望めない地位であり、金を積んでも家柄がそくさない大名には与えられない。

毛利家にはその資格があった。

だが、毛利長門守はそれに合わせた金額を包まなかった。

「毛利が従四位になるのは決まっていること。背伸びをして願うのとは違う」

慣例を無視した独断、これほど役人の嫌うものはない。

「お返しいたす」

金を持ちこまれた吉良義冬が仲立ちを拒んだ。

「たかが旗本の分際で」

これに毛利長門守が怒り、吉良家に痛手を与えようとして嫡男の三郎を襲った。

幸い、高家こそ武家の鑑《かがみ》であるとの義冬の考えで、三郎は剣術を学んでいた。といったところで免許だ皆伝だとかいうところまではいっていないが、己の身をしばし守れるくらいの腕はある。そして、三郎の供として付いていた小林平八郎は免許を許されるほどの修業を積んでいた。

たかが旗本と侮った毛利家の刺客は、あっさりと三郎と小林平八郎の二人によって撃退された。

「二度と出入りは許さぬ」

跡取りを襲われた義冬が激怒、福原に絶縁を突きつけた。

さらにこのことを高家たちに告げ、毛利家の仲立ちは誰もしないところに持ちこんだ。

「詰みましたな」

福原が大きく嘆息した。

「なんとかいたせ」

「……難しゅうございまする」

命じた毛利長門守に福原が首を横に振った。

「目付の指図に従えばすむ」

「無茶でございまする。相手は高家、そこに討ち入るなど謀叛も同然。謀叛は逃れても喧嘩両成敗、当家も無事ではすみませぬ」

福原が腕を組んだ。

「……手立てを考えよ」

主君の前で腕を組む無礼を咎めず、毛利長門守が福原を急《せ》かした。

「当家の者とわからなければよいのだ」

毛利長門守が口にした。

「無茶なことを」

「牢人どもを金で雇えばよいだろう」

驚いた福原に、毛利長門守が言った。

「牢人など信用できませぬ。金だけ受け取って逃げるなど当たり前でございまする」

「ならば、誰ぞ見張りをさせればいい」

毛利長門守が簡単に述べた。

「見張り役は、牢人どもを連れて吉良の屋敷へいくことになりまする。もし、顔を覚えられたり、運悪く捕らえられたりしたら……」

「そのような鈍重な者を使わねばよい」

なんでもないことだと毛利長門守が手を振った。

「いいえ、そちらは気にいたしておりませぬ。当家には武に優れた者は多うございますゆえ」

「では、なにが問題なのだ」

福原が懸念していることを毛利長門守が問うた。

「牢人どもが口を割らぬかどうか」

「…………」

言われて毛利長門守が黙った。

「牢人どもには当家の名前を出さずに……」

「それができましょうか。腕の立つ者はいても、そういったことを得手としている者はさほどおりませぬ」

「そんなに難しいのか」

「まず、牢人どもは万一のときに逃げこむところを求めまする。こちらの名前を伏せたままだと引き受けてくれぬかも知れませぬ。まあ、それは多めに金を積めばどうにかなるやも知れませぬが、牢人たちと別れたあとが問題になりまする。かならずや牢人はこちらの正体を探りまする。のちのち脅すためであったり、先ほど申しましたように逃げこむために」

「後を付けてくると申すのだな」

「はい」

福原が首を縦に振った。

「牢人どもにばれぬよう動けるものか」

「帰りだけではございませぬ。そもそもの話を持ちかけたときに、まちがえても当家の名前を出さぬように交渉せねばなりませぬ」

眉間《みけん》にしわを寄せた毛利長門守に福原が付け加えた。

「それだけの気遣いができる者……か」

毛利長門守が悩んだ。

「留守居《るすい》役にさせてはいかぬか」

「交渉はできましょうが、武芸が足りませぬ」

福原が首を左右に振った。

「……おらぬな。武芸に秀でて、交渉もできる者は」

「いても出せませぬ。そのように優秀な者は、当家発展のために必須《ひっす》でございまする」

人材はどこも不足している。福原がもったいなさすぎると拒んだ。

「では、ならぬ話ではないか。困るぞ、それでは」

毛利長門守が焦った。

「もう一つ、手立てがないわけではございませぬ」

口を開いた福原が窺うように低い声を出した。

「なにっ。それをさっさと言わぬか」

ぐっと毛利長門守が身を乗り出した。

「一人、切り捨てまする」

「切り捨てる……だと」

毛利長門守が怪訝な顔をした。

「牢人との交渉を命じた者の藩籍を削りまする。そうすれば、万一毛利家の名前が出ても、当家にはかかわりあいがないと突っぱねられまする。ただ、その者は牢人扱いになり、捕らえられた場合は町奉行所で詮議のうえ、死罪は免れませぬ」

高家の屋敷に討ち入ったとあれば、幕府の面目を潰すことになる。

たとえ人死にが出なくとも犯人は重罪になる。しかも牢人は武士ではなく、町人と同じ扱いを受けるため、武士らしい切腹は許されず、首を切り落とされる死罪となる。

「ふむ」

福原の提案に毛利長門守が思案に入った。

牢人として、死罪となれば、名跡は残されない。遺族がいても跡を継がせることなく、かかわりを怖れて藩から追放することになってしまう。

毛利家に功績のあった武士の家系を一つ消し去ることになる。

「……それしかないか」

少し考えて、毛利長門守が決断した。

「では、お選びを」

犠牲者を誰にするか決めてくれと福原が毛利長門守に預けた。

「そなたがせよ」

誰でも恨まれるのは嫌である。毛利長門守が福原へ押しつけようとした。

「いえ、これは主君でなければなりませぬ。わたくしは家老といえども、家臣には違いございませぬ。家臣が同僚を犠牲にする。恣意《しい》だと取られかねませぬ」

「…………」

反論した福原に毛利長門守は言い返せなかった。

「お決まりになりましたら、勘定方へ遣わしてくださいませ。金を用意させておきまする」

福原が腰をあげた。

「今さら申すまでもないことではございますが、追放するとは言わずにお命じなさいますよう」

「それくらいはわかっておる。うまくいけば出世させてやると言えばよいのだろう」

注意した福原に、毛利長門守が嫌そうな顔をした。

「お願いをいたしまする」

頭を下げて、福原が毛利長門守の前から下がっていった。

「……嫌な役目を押しつけおったな。まったく、家老とはいえあまりに余を軽視しておる。あやつにこの役目させてやりたいが、そうはいかぬ」

険しい目で毛利長門守が福原の出ていった襖をにらみつけた。家老の異動は幕府へ届け出が要る。

「となると……余のためなら死ねるとあやつは申しておったな」

毛利長門守が呟いた。

三郎と近衛基熙の尋問に衛門少志はあっさりと落ちた。

「他には……」

弾正尹に籠絡《ろうらく》された者の名前を衛門少志は語った。

「思ったよりも少ないの」

小林平八郎が書き留めた名簿を見ながら近衛基熙が首をかしげた。

「そうなのか。十分だと思ったが」

三郎が疑問を口にした。

「七位や八位なんぞいくらいてても力にはならへん。朝廷を動かそうと思うねんやったら、三位《さんい》、最低で四位を集めなあかん」

「三位、四位といったら殿上人だぞ」

三郎が驚いた。

「殿上人がなんやねん。弾正尹は従三位《じゅさんい》やけど、大納言が兼務することが多いねんで」

「大納言だと正三位《しょうさんい》もあるか」

「そうや。正三位や」

さらに驚愕した三郎に近衛基熙がうなずいて見せた。

「大納言といえば……五摂家、清華家《せいが》、大臣家《だいじん》ではないか」

「まあ、そのあたりやな」

近衛基熙が述べた。

摂家、清華家、大臣家の家格を与えられているのは、朝廷全体で二十家ほどしかない。まさに名門中の名門であった。

もちろん、弾正尹のすべてが大納言を兼ねるわけではなく、権《ごんの》大納言であったり、大外記《だいげき》であったりする。

さらに勅任ではない弾正尹もおり、朝廷の混乱、律令の乱れが影響している場合もあった。

「面倒な」

近衛基熙の説明に、三郎がため息を吐いた。

「武家を令外としたからや。そのお陰で律令を守らんでもええとなってしもうた」

情けないと近衛基熙が首を横に振った。

「あのう……わたいは」

蚊帳《かや》の外になった衛門少志が不安げな声で訊いた。

「安心しい。おまはんは当家でかばうよってな」

「おおきに、おおきに」

衛門少志が感激した。

「誰ぞ、これをどっかに入れたり」

近衛基熙が家人を呼んで、命じた。

「さて、次はどうするかやなあ」

衛門少志がいなくなったところで、近衛基熙が言った。

「こやつらを捕まえて回ればよいのではないか」

「さすがにこんだけはかばいきれん」

三郎の言葉に近衛基熙が首を左右に振った。

「全部ではないと……」

「そうなるなあ」

「殺される者も出るのではないか」

三郎が危惧を表した。

「かも知れんが、そこまで手は伸ばせん」

近衛基熙が難しいと手を振った。

「よいのか」

「ええわけないが、でけへんことをするのはかえって被害を大きくするぞ」

三郎に言われた近衛基熙が難しい顔をした。

「それにな。こやつらの誰かを殺すのは、麿でも三郎でもない。弾正尹とその仲間や。こっちでそこまで責を負うのはおかしい」

落ち着けと近衛基熙が三郎を抑えた。

「むうう。たしかにそうだが……」

「夢見が悪いか」

まだ納得できていない三郎に近衛基熙が問いかけた。

「……悪い」

少したあらってから三郎が首肯した。

「武家が人を救おうとし、公家が見捨てる。立場が逆転しているようじゃのう」

近衛基熙が大笑いをした。

「だがの、これこそ公家の正体じゃ」

すっと近衛基熙が笑いを消した。

「正体……」

三郎が固唾《かたず》を呑んだ。

「わからぬのも無理はない。公家は武家を血なまぐさいと嫌い、桓武《かんむ》帝にいたっては仏道に叛《そむ》くとして兵部省《ひょうぶしょう》から兵を取り除いた」

近衛基熙が続けた。

「武を遠ざければ、御仏《みほとけ》のお力で安寧が続くとのお考えであられたようじゃが、愚かとしか言えぬ」

「多治丸、抑えよ」

いくら昔の話とはいえ、五摂家筆頭近衛家の当主が、帝を愚か者扱いするのはまずい。三郎が近衛基熙を宥《なだ》めた。

「馬鹿を馬鹿と言って何が悪い。事実、津々浦々の兵を廃止したことで治安の悪化を招き、武士を生んだ。軍を廃止しなければ、ずっと泰平であったなどとは申さぬが、確実に武家の台頭は遅れ、幕府もできずにすんだかも知れまい」

「軍があれば、武士は要らぬ……」

近衛基熙の語りに三郎が呆然となった。

「まあ、そこまで甘くはなかろうがな。武はいずれ暴発する。武士の代わりに軍が力を振るっただろう。そうなれば、国は割れたはず。征西大将軍《せいせいたいしょうぐん》、征東《せいとう》大将軍、そして左右の近衛大将《このえのだいしょう》。それぞれが地盤を固め、朝廷から独立しようとした」

「それでは乱世と変わらぬではないか」

三郎が近衛基熙を咎めるような口調になった。

「もっと悪いな」

近衛基熙の顔に暗い笑みが浮かんだ。

「……もっと悪いとはどういうことじゃ」

三郎が問いかけた。

「それぞれの将軍は、戦国の大名とは違う。すべて、朝廷から正式に任じられている。ようは大義名分を持っている」

「大義名分を持った戦国大名……切り取り放題か」

いかに乱世といえども、隣国へ攻めこむにはそれなりの理由が要った。それなしでいきなり攻めこむと周囲どころか天下の悪評を買う。そしてその悪評は、相手に大義名分を与えることになり、やがて身を滅ぼす。

甲州《こうしゅう》の武田《たけだ》、九州《きゅうしゅう》の龍造寺《りゅうぞうじ》、駿河《するが》の今川と大義名分なしに隣国へ襲いかかった大名の末路は悲惨であった。

「そうではない。将軍たちに与えられた大義名分は、いつでも朝廷が取りあげられる。そして、新たな者に与えることができる。征西大将軍が言うことを聞かなくなった。ならば、解任して、別の者を任じればいい。そうなれば九州はどうなる」

「前任に付く者、新任に従う者で相争うことになるだろう」

「そうじゃ。朝廷の思惑一つで、どこにでも騒乱を起こせる。それを公家が見逃すわけはない。それは、どれだけ圧政をしていても、朝廷への献上さえ怠らねば大義名分を剝奪されることはないとの意味」

「それでは民がたまらぬ」

「だが、朝廷は安泰じゃ」

近衛基熙が非難する三郎に返した。

「武士が天下を取る。朝廷が天下を左右する。そのどちらがよいのかの。公家としては桓武帝を認められぬ。したが、東海道《とうかいどう》を往復したことで見た民たちの暮らしを思えば、今がよかったのではないかと思う」

「民を知らぬ天下の主は怖ろしいと」

「…………」

見事に言いたいことを読んだ三郎に、近衛基熙は無言で肯定した。

第三章　策の勝ち負け

一

錦織玄蕃介《にしごりげんばのすけ》は毛利《もうり》長門守《ながとのかみ》からの命に応じて、勘定方《かんじょうかた》から受け取った三十両という金を懐に浅草寺《せんそうじ》裏へと足を運んだ。

「……たしかにおるな」

屋敷を出るとき、留守居《るすい》役から吉原《よしわら》近辺に質《たち》の悪い牢人《ろうにん》が出没すると教えてもらっていた。

「相手が商人なら斬り取り強盗に、武士ならば強請集《ゆすりたか》りになる。拙者も何度か武士は相身互いではないかと、合力を求められたことがある」

留守居役が嫌そうな顔で告げた。

「腕が立つかどうかはわからぬ。また竹光か本身かもわからぬ。脅しで柄《つか》に手をかけるが、抜いたことはない」

「それならば、追い払えましょう」

刀を抜けないというのは中身を売ってしまって、代わりに竹光が入っている可能性が高い。

「阿呆《あほ》なことを申すな。毛利家の者が、お城下で刀を抜いてみろ。お目付《めつけ》さまが飛んでこられるわ」

弱腰と言われた留守居役が、錦織玄蕃介を叱った。

「外様《とざま》大名の家中は、黙って我慢するのだ。決して血気に逸《はや》ってはならぬ」

世間を知れと留守居役が錦織玄蕃介を諭した。

「牢人にかまうな……か」

錦織玄蕃介が浅草寺裏で三々五々集まっている牢人たちを見た。

「なんとも見窄《みすぼ》らしいことよ」

牢人たちの身形《みなり》の汚さに錦織玄蕃介が頬をゆがめた。

「……なんじゃ」

近かった牢人溜《た》まりの一人が錦織玄蕃介の表情に気づいた。

「どうした」

「あやつか」

「なにか因縁でもあるのかの」

同じ溜まりの牢人たちが、錦織玄蕃介を見て声を発した。

「あやつ、我らの姿を見て笑いおった」

「なんだと」

「それは許せぬ」

最初に気づいた牢人の言葉に、一同がたちまち獲物を狙う顔になった。

「囲め」

「逃がすなよ」

最初に聞きとがめた牢人ともう一人が小声で指示を出した。

「いや、そなたたちを嗤《わら》ったわけではない」

世間に慣れていない錦織玄蕃介が、あわてて弁明した。そのために逃げる機を失った。

「どこのご家中か」

「主家を失い浪々の身となったが、心は武士である。その武士を卑しい者として見下すとは、無礼千万」

「あわ、あわわ」

四方を囲まれ、冷たい目を向けられた錦織玄蕃介がおろおろとした。

「拙者《われ》は相州《そうしゅう》牢人の城戸《きど》市之助《いちのすけ》」

「吾は西国《さいごく》牢人谷田《やた》助ノ丞《すけのじょう》」

「名乗るもおこがましいが、山城《やましろ》牢人六条五郎兵衛《ろくじょうごろべえ》」

「越後《えちご》牢人、雪村《ゆきむら》熊太郎《くまたろう》」

牢人たちが訊《き》かれもしていないのに、名前を口にした。

「おぬしは誰ぞ」

名を名乗られて返さないのは礼を失する。

「錦織玄蕃介じゃ」

「どこの錦織どのか。主家を告げられよ」

それでは足りぬと錦織玄蕃介に城戸市之助と言った牢人が迫った。

「主家の名前は出せぬ。何度訊かれようとも答えるわけにはいかぬ」

錦織玄蕃介は、主君と家老から厳しく毛利の名前を出すなと釘《くぎ》を刺されている。

錦織玄蕃介が頑《かたく》なに拒んだ。

「ほう、なかなか忠節の厚い御仁のようだ。のう、助ノ丞」

「まさにさようであるな」

谷田助ノ丞がうなずいた。

「武士の鑑《かがみ》とも言うべきだが、その御仁が尾羽打ち枯らしているとはいえ、我ら牢人を蔑視《べっし》するのはいかがなものか」

六条五郎兵衛が文句を付けた。

「まことそうよな。花も実もある武士ならば、我らを笑うのではなく、憐《あわ》れみをもって接するべきである」

「憐れみ……」

城戸市之助の言いぶんに錦織玄蕃介が困惑した。

「わからぬかの。我らはいずれまた世に出て、一廉《ひとかど》の武士たろうとしておる。皆、かつては家中においてその人ありとうたわれた者ばかり」

「いずれ水を得て天へ昇る機を待っている伏龍の志を持つ者」

「どうであろうか。世に出たときは、かならず礼に参るゆえ、いささかの合力を賜りたい」

口の重い雪村熊太郎以外の牢人が、金を出せと集まってきた。

「それは……」

「ほう、合力できぬと」

口ごもった錦織玄蕃介に城戸市之助の声が低くなった。

「なれば、我らを馬鹿にしたことへの詫《わ》びをしてもらおう」

「うむ。土下座のうえ、刀と財布、衣類も差し出せ」

牢人たちが本性を表した。

「おのれら、武士に裸で膝《ひざ》を突けなど……」

さすがの錦織玄蕃介も憤った。

「ならば、戦おうぞ」

「勝てば総取り、負ければすべてを失う。これぞ武士本来の姿じゃ」

城戸市之助と谷田助ノ丞がにやりと笑った。

「吾一人に四人がかりとは卑怯《ひきょう》なり」

「命の遣《や》り取《と》りに卑怯などないわ」

「負けた者はなにも言えぬ」

「言えぬはずじゃ。死人になっておるのだからな」

六条五郎兵衛が大笑いをして見せた。

「…………」

錦織玄蕃介が辺りを見回したが興味深げに見ているだけで、誰も助けに入ってくれようとはしない。

「か、刀に自信があるのか」

震えながら、錦織玄蕃介が問うた。

「儂《わし》は一刀流《いっとう》の免許じゃ」

「吾は新当流《しんとう》を遣う」

「新陰流《しんかげ》に覚えがある」

「富田《とだ》流」

四人それぞれが剣術を自慢した。

「な、ならば仕事がある。金は出すぞ」

「仕事だと」

錦織玄蕃介の言葉に、城戸市之助が反応した。

「そうじゃ。一人に就き五両。これは前金じゃ」

よほど怖かったのか、錦織玄蕃介が条件をすべて口にした。

「合わせて十両か」

六条五郎兵衛の目つきが変わった。

「なにをさせる気だ」

谷田助ノ丞が切っ先を突きつけたまま問うた。

「とある屋敷に討ち入って欲しい」

「どこだ」

「それは引き受けてくれぬと言えぬ」

錦織玄蕃介が拒否した。

「四人だけでは厳しいぞ」

城戸市之助が冷静になった。

「相手には、十人ほどの士分がおる。もっともそのうち腕の立つ者は一人か、二人」

「十人か……こちらは八人ほど欲しいな」

錦織玄蕃介の話に、城戸市之助が応じた。

「なんとか六人にして欲しい。金が足りなくなる」

「六人か……」

厳しいと述べた錦織玄蕃介に、谷田助ノ丞が難しい顔をした。

「で、誰を斬ればいいのだ。当主か」

六条五郎兵衛が尋ねた。

「誰も斬らずともよい。ただ、表門を打ち破って、適当に暴れてくれればよい」

錦織玄蕃介が首を左右に振った。

「それで十両か」

「悪い話ではないな」

顔を見た谷田助ノ丞に、城戸市之助が首を縦に振った。

「どうだ、五郎兵衛、熊太郎」

「金がもらえるなら喜んでやるぞ」

「うむ」

六条五郎兵衛と雪村熊太郎も同意した。

「欠員はどうする」

「それよなあ。その辺の奴らじゃ、ちいと不安だ」

谷田助ノ丞の質問に城戸市之助が腕を組んだ。

「表門を破るのだろう。なら、力のある奴が要る」

雪村熊太郎が初めてまともにしゃべった。

「心当たりがあるのか」

「吉原五十間道《ごじっけんみち》のあたりに……」

「ああ、あいつか。金槌《かなづち》の五助《ごすけ》」

雪村熊太郎の説明の途中で城戸市之助が思い当たった。

「たしかにあいつの金槌ならば、表門を破るくらいできるな」

谷田助ノ丞も手を打った。

「よし、では付いて来てもらおう。五助も含めて詳しい話を聞こうじゃないか」

城戸市之助が錦織玄蕃介に告げた。

「ああ、逃げだそうとはせぬほうがいい」

六条五郎兵衛が太刀の鯉口を切った。

「わ、わかっている」

錦織玄蕃介が何度も首を上下させた。

二

早川伝庵《はやかわでんあん》は二日に一度、昼過ぎに吉良《きら》家上屋敷を訪問、半刻《はんとき》（約一時間）ほどで退出していた。

「では、また」

医師とはいえ、表門は開けてもらえない。これがその辺の商家ならば駕籠《かご》で玄関まで乗り付けられるが、高家《こうけ》相手となるとそうはいかなかった。

乗ってきた駕籠は表門を少し離れたところで待たせ、早川伝庵は徒歩で潜り門を使って出入りする。

「よろしくお願いをいたしまする」

用人小林平右衛門《こばやしへいえもん》の見送りがあるだけ、対応はましであった。

「待たせたの」

早川伝庵は駕籠かきに声をかけた。

「お帰りでよろしゅうございんすね」

駕籠かきが垂れをあげながら確認した。

「それでいいよ」

乗りこんだ早川伝庵が屋敷へ戻ると言った。

「相棒、気いれろや」

「合点」

駕籠は先棒と後棒の気が合わなければ、満足に走ることさえできない。

「よっ」

「おう」

駕籠かきが持ちあげたところに、侍が近づいてきた。

「待て、そこの駕籠」

侍が駕籠の前に立ちはだかった。

「危ねえじゃねえか」

先棒が苦情を侍に向けた。

「乗っておるのは医師だな」

「誰でえ、おめえは」

威丈高な侍に、先棒が警戒した。

「徒目付《かちめつけ》、郷原一造《ごうはらいちぞう》である」

「……御上のお役人さまで」

先棒が侍の名乗りに、気弱になった。

「なかにおるのは医師であるな」

「へえ。先生」

確認する郷原一造と言った徒目付に、先棒が早川伝庵の助けを求めた。

「降ろせ」

早川伝庵が駕籠を降ろすようにと指示した。

「へい。おう、後棒」

「ああ」

声を掛け合って駕籠を降ろした先棒が、垂れをあげた。

「愚昧《ぐまい》に御用か」

礼儀として駕籠から出た早川伝庵が問うた。

「うむ。そなたは吉良家に出入りしておるな」

「いかにも。お許しをいただいておる」

郷原一造の質問に、早川伝庵が答えた。

「誰を診ている。病状はいかに」

「患家のことを医師が余人に語るわけには参らぬ」

早川伝庵が拒んだ。

「徒目付として問うておる。役儀であるぞ」

「あいにく、愚昧はお旗本ではございらぬ」

圧をかけた郷原一造に早川伝庵は反駁《はんばく》した。

「むっ」

郷原一造が詰まった。

目付は旗本、徒目付は御家人を監察できる。しかし、町人にその権は及ばない。どうしても町人から事情を聞きたいときなどは、その理由を書いて町奉行所《まちぶぎょうしょ》へ依頼しなければならない。どれほど目付の力が強いとはいえ、管轄違いに手出しをすると役人たちからそっぽを向かれる。

「目付の増長いかがなものかと」

今回の場合、町奉行が老中《ろうじゅう》なりに苦情を上申する。

「どこまで権を広げようというのか」

すでに大目付《おおめつけ》の任務は目付へそのほとんどが委譲されている。そこにさらに江戸《えど》の町人まで取り締まれる権を行使するのでは、目付が巨大になりすぎる。

老中や若年寄《わかどしより》といった上席者ほど、役人の秩序を大切にしている。秩序を守らないと、老中の権が若年寄に、若年寄の任が側役などに蚕食されていく。

「目付の権を固定する」

老中の一言で目付は身動きが取れなくなる。

「目付の某《なにがし》を罷免する」

旗本を監督する若年寄は、目付を支配する。

そうなれば、目付が困る。それこそ徒目付など芥子粒《けしつぶ》のように飛ばされてしまう。

「患者が誰かだけでも……」

「医者が患家のことを話すはずはございませぬ。そのようなまねをすれば、あっという間に潰《つぶ》れますぞ」

「決して、口外せぬ」

目付になにかしらの報告をしなければ、吾《わ》が身が危ない。郷原一造が下手に出て頼みこんできた。

「上役には話されるであろう」

「それは仕方あるまい」

「では、その上役に口外するなと約束していただかなければ意味はございませぬな」

「貴殿には迷惑をかけぬ」

鼻であしらう早川伝庵に郷原一造がねばった。

「保証はございませぬなあ」

早川伝庵があきれた。

「…………」

郷原一造が沈黙した。

「よろしいな。患家が待っておられる。さあ、出してくれ」

さっさと駕籠に戻った早川伝庵が駕籠かきを催促した。

「へい。じゃ、御免を」

先棒が郷原一造へ頭を下げて、駕籠を担いだ。

「……どうする。このままではお目付さまからお叱りを受ける」

徒目付は目付にとって小間使いのようなものでしかない。

「もうよい。辞めよ」

一度の失敗で役目を解かれた徒目付は多い。

徒目付は持ち高勤めで、役得はほとんどない。ただ、無事に勤めあげると厳しい目付のもとで十全に働いた有能な人物という評判を手に入れることができる。当然、次の役目に就ける可能性も高い。

一方で目付から無能との烙印《らくいん》を押された徒目付は、その後の出世はまず難しい。下手をすれば、本人だけでなく跡継ぎにも影響が出る。

郷原一造が必死になるのも当然であった。

「こうなれば、吾が直接確認するしかない」

目つきを変えた郷原一造が呟《つぶや》いた。

「嫡男が伏しているとすれば、御殿の奥……」

郷原一造が塀から少し離れて、吉良家の屋敷が見えるところまで移動した。

「四千石だけあって、大きい」

見渡した郷原一造が感嘆した。

「奥はあのあたりか」

武家の屋敷、とくに旗本の屋敷は普請《ふしん》奉行の手によるものが多く、構造はほとんど変わらなかった。

「となれば……あそこの塀を越えるのが近いな」

郷原一造が計画を立てた。

「暗くなるまで待つしかないな」

曲輪《くるわ》内には大名屋敷、旗本屋敷が並んでいる。当然、通りすぎるのは武家ばかりであった。

武家には門限がある。暮れ六つには屋敷に戻っていなければならない決まりである。

日が暮れたら、たちまち人気はなくなる。

「…………」

郷原一造は侵入場所を決めると、そこで耳をすませてなかの様子を窺った。

「病人がいるからか、静かだな」

塀に耳を押しつけた郷原一造が独りごちた。

「……あと少しで日が暮れる」

郷原一造が太陽の位置を確認した。

いい患家である吉良家のために、早川伝庵はしっかりと動いた。

「これを吉良さまに」

屋敷に帰った早川伝庵は弟子に徒目付の問い合わせを受け、こう答えたと書いた手紙を届けさせた。

「……来たか」

手紙を読んだ義冬《よしふゆ》が、小さく嗤った。

「平右衛門、屋敷の警固を念入りにせよ」

「徒目付が入りこんでくると」

義冬の指図に小林平右衛門が問うた。

「そろそろしびれを切らすころだろう。まあ、来ぬかも知れぬが、念には念じゃ」

「どのようにいたしましょう」

小林平右衛門が指示を請うた。

「夜番を増やせ」

「承知いたしましてございまする」

義冬の命を小林平右衛門が受けた。

牢人は気が短い。いや、短くなってしまう。

仕官先がどこどこにあると聞いて、ゆっくり準備していては埋まってしまう。他にもどこの寺で施餓鬼会《せがきえ》があると行ってみれば、すでに食べ尽くされた後だったということもある。

言い方は悪いが、世のなか、早い者勝ちなのだ。

間に合わねば生涯を棒に振る、規模は違うが空《す》きっ腹を抱えて冬の夜を過ごすことになる。それを何度か経験すれば、あっという間に人品は卑しくなり、他人を思う心などはすり切れ、なくなっていく。

錦織玄蕃介から金を受け取った城戸市之助たちは、後金の五両をさっさと手に入れるべく、吉良家の屋敷へと向かった。

「鍛冶橋御門《かじばしごもん》のなかだったな」

城戸市之助が無理矢理連れてきた錦織玄蕃介に確認した。

「そ、そうだ」

錦織玄蕃介が硬い表情で答えた。

「市之助、御門内に我ら牢人が入れるのか」

六条五郎兵衛が尋ねた。大名を潰して牢人を増やした幕府は、当然恨まれているとわかっている。さすがに牢人が糾合して謀叛《むほん》を起こすとまでは思っていなかったようで、ものの見事に軍学者由比正雪《ゆいしょうせつ》の策にはまった。

「江戸に火を放つと申しておりまする」

幸い由井正雪の弟子が直前に訴人してくれたおかげで大事になる前に鎮圧できたが、幕府を震撼《しんかん》させたのは確かであった。

結果、牢人が集まることを幕府は極端に怖れるようになっている。

「なかに入るのは問題ない。仕官するためとか、親族に会うためとか、理由はいくつでも作り出せる。問題は五人、いや錦織氏を含めて六人が一緒というところだ」

「分散すればいいと」

「そうだ。せいぜい二人で、間を空けて通ればいけるはずだ」

確認した谷田助ノ丞に城戸市之助がうなずいた。

「では、我らは一人一人で行こう。悪いが市之助には錦織氏をお願いしたい」

谷田助ノ丞が組み合わせを告げた。

「いや、手間をかけては申しわけない。拙者も一人で……」

「ご一緒しよう、錦織氏」

城戸市之助が柄に手をかけながら、錦織玄蕃介の逃げ口上を潰した。

「……手間をかける」

毛利長門守から結果を見届けてこいと命じられてはいるが、錦織玄蕃介はまともではない牢人たちから逃げたくて仕方がない。

しかし、金蔓《かねづる》の錦織玄蕃介を逃がすほど、城戸市之助たちは甘くはなかった。

「ああ、今、残りの半金をくれるというなら、ここで朗報を待ってくれてもいいのだぞ」

目つきを鋭くした城戸市之助が、錦織玄蕃介の顔を覗きこんだ。

「は、半金は手元にない。さきほども調べたではないか」

身体を検められた錦織玄蕃介が首を横に振った。

「なら、ご一緒いただくしかないな。我らの仕事振りを見ていただかねばの」

目だけ笑わずに、城戸市之助が頬を緩めた。

「わかった」

錦織玄蕃介が首肯した。

鍛治橋御門は江戸城三十六見附《みつけ》の一つで、門内には松平《まつだいら》の姓を与えられた外様の大大名、譜代《ふだい》名門、高家衆などの屋敷が並んでいる大手門に次ぐ重要な警固場所であった。

とはいえ、巨大な江戸城を迂回《うかい》させてはいろいろと不便がある。明け六つから暮れ六つまでの間は開門し、町民でも通行は認められていた。また、下馬先《げばさき》御門の一つでもあり、ここから先は御三家、高家衆など幕府にとって格別の家柄でなければ、騎乗、乗輿《じょうよ》は許されない。

それだけ重要な門でありながら、町民らが通行できるのは、鍛冶橋御門内の屋敷で商う者がいるからであった。

もし、町民の通行を禁じれば、諸大名の屋敷はたちまち干上がってしまう。家臣に買いものをさせればいいといえばそうだが、薪《まき》や米などの嵩張《かさば》るものを武士に担がせるわけにもいかない。小者を使えばいいといっても、必需品は多岐にわたる。それこそ、小者すべてが、毎日の買いものだけしかできなくなってしまう。

「御免」

「通行をさせていただく」

「ご苦労さまでござる」

次々に谷田助ノ丞らが、鍛冶橋御門を通っていった。

「通りまする」

最後に少し間を空けた城戸市之助が、錦織玄蕃介と鍛冶橋御門を潜ろうとした。

「待て」

じっと門脇に立っていた警固の侍が、二人を制した。

「……うっ」

錦織玄蕃介が息を呑んだのに対し、城戸市之助は平然としていた。

「なにか」

「どこへなにしに参る」

警固の侍が詰問した。

「拙者どもは、親戚《しんせき》を訪れるために参りましてござる」

「親戚はどこの家中か」

「細川越中守《ほそかわえっちゅうのかみ》さまでござる」

詰まることなく、城戸市之助が答えた。

「ふむ。越中守さまの上屋敷なれば、呉服橋《ごふくばし》御門を通るべきであろう」

「わたくしの住まいが、こちらに近いので」

城戸市之助が淀《よど》みなく述べた。

「身形がずいぶんと違うようだが」

警固の侍が城戸市之助と錦織玄蕃介の姿に疑惑を持った。

「ご覧のとおり、拙者は機に恵まれず浪々の身でござる。こちらは従弟《いとこ》でござるが、とある家中に仕えておりまする」

「さようでござる」

城戸市之助の嘘に錦織玄蕃介も乗った。

「どちらのご家中か」

まだ警固の侍はあきらめていなかった。

「主家の名前はご勘弁願いたく」

錦織玄蕃介が首を横に振った。

こういった場合、それ以上穿鑿《せんさく》しないのが武士の情けというか、しきたりになっている。

「なにか都合の悪いことでもあるのか」

だが、警固の侍はしつこかった。

「わたくしのことで休みをいただいておりまする。主家の名前を出すのは、いささか筋違いかと」

錦織玄蕃介がうまい言いわけを使った。言うまでもないが毛利家の名前を出すわけにはいかないし、だからといってここで追い返されれば、主命を果たせない。

「御用であるぞ」

「…………」

退《ひ》こうとしない警固の侍に錦織玄蕃介が困惑して、周囲を見た。

「十河《そごう》氏、もうよいではないか」

警固の侍の同僚が止めに入った。

「いや……そうか。よい、通れ」

同僚の仲立ちを断ってまでの無理押しは、のちのちに響く。まだ不足そうではあったが、警固の侍はあきらめた。

「では、御免」

「かたじけなし」

城戸市之助と錦織玄蕃介が鍛冶橋御門をようやく越えた。

「どうした、十河。ずいぶんと絡んだが」

仲裁に入った同僚が、十河と呼ばれた警固の侍に問うた。

「あの牢人の雰囲気がの。気になった」

「おとなしそうな武家と一緒だったぞ」

同僚が首をかしげた。

「あの二人も、なにかそぐわぬ気がした」

十河が去っていく二人の背を見つめた。

「なにもないさ。二人ぐらいでなにができるものか」

同僚が十河をなだめた。

三

なんとか鍛冶橋御門を抜けた牢人たちが、吉良屋敷の見えるところに集合していた。

「金槌の。あの門、開けられるか」

城戸市之助が金槌の五助に問うた。

「開けられるさね。どんなに頑丈でも、蝶番《ちょうつがい》は一緒や。あそこを叩《たた》けば、門が鉄であろうが、鉛であろうが、焼いた蛤《はまぐり》みたいに、開きっぱなしになる」

金槌の五助が自信満々に言った。

「では、任せる」

城戸市之助が金槌の五助から、顔を谷田助ノ丞たちへと動かした。

「我らの役目は、それまで金槌の五助を守ることだ」

「わかっている」

「うむ」

六条五郎兵衛と雪村熊太郎がうなずいた。

「助ノ丞、おぬしは周囲の屋敷を見張ってくれ。騒ぎに気づいて、人を出してこられては困る」

「承知した」

谷田助ノ丞が首肯した。

「拙者はここから拝見しよう」

錦織玄蕃介が戦いには参加しないと宣言した。

「もちろんだ。雇い主を危険な目に遭わせてはならぬからの」

すんなりと城戸市之助が認めた。

「ただし、後金をもらわねばならぬのでな。逃げられても困る」

「逃げはせぬ」

「言葉を信用するほど甘くはない。そんなまねをしていれば、とっくに無縁仏になっている。悪いが両刀を預かろう」

錦織玄蕃介の抵抗を一蹴《いっしゅう》し、城戸市之助が手を出した。

「こ、これは殿より拝領した……」

あわてて錦織玄蕃介が太刀を奪われないように押さえた。

「むん」

遠慮なく城戸市之助が、錦織玄蕃介に当て身を喰《く》らわせた。

「ぐえっ」

失神こそしなかったが、錦織玄蕃介の身体から力が抜けた。

「大人しく渡せば、痛い思いをするだけ損だったな」

城戸市之助が、錦織玄蕃介の両刀を奪い取った。

「か、返せ」

錦織玄蕃介が手を伸ばしたが、遅かった。

「後金と引き換えじゃ。心配するな。銘刀を牢人が売りに出したら、たちまち町奉行所に報《しら》せがいって、捕まえられる。足の付きやすい刀より、後腐れのない小判のほうが安心なのでな」

刀の下げ緒を解き、両刀をまとめてくくりながら、城戸市之助が述べた。

「ううう」

「さあて、ご一同。後金の仕事じゃ」

「金のため」

「稼がねばの」

呻《うめ》く錦織玄蕃介を横目にした城戸市之助の鼓舞に六条五郎兵衛らが唱和した。

郷原一造はいよいよ吉良家の塀を乗り越えようと耳をすました。乗り越えた先に吉良の家臣でもいた日には目も当てられない。入りこんだ瞬間に騒がれれば策は失敗、万が一捕まりでもしたら徒目付の名前に傷が付く。

「…………」

息を抑え、気を研ぎすました郷原一造の耳に、城戸市之助らの声が聞こえた。

「なんだ……」

郷原一造が耳を澄ました。

「思っていた以上だな、金槌の」

「そうだな。少し時間がかかりそうだぜ」

吉良家の表門を見上げた谷田助ノ丞と金槌の五助が打ち合わせを始めた。

「どれくらいかかる」

「そうやなあ、十発は要るなあ」

谷田助ノ丞の問いに金槌の五助が答えた。

「蝶番は四つ……四十発か」

「違うぞ。右側だけを壊せばいける」

「そうか。そうだな。二十発。その間、我らはおぬしを守りきれば良い」

谷田助ノ丞が理解した。

「頼むぜ」

金槌の五助が谷田助ノ丞の背中を叩いた。

「……お目付さまから聞かされていた連中か。遅かったな」

吾が身を捨てようかとしていた郷原一造は、ほっと安堵《あんど》するとともに、怒りを感じていた。

「…………」

ふたたび慎重に郷原一造が塀から離れ、吉良家の表門が見える位置へと移動した。

「始まった……」

郷原一造の目に、大きな金槌を振りあげて表門へと突撃する金槌の五助と、その周囲を固める六条五郎兵衛、雪村熊太郎が映った。

「よっせいい」

金槌を五助が表門の右上蝶番へと打ち付けた。

緊張のなかにあった吉良屋敷に大きな音が響いた。

「あの音は表門じゃ、急げ」

「裏門を担当する者はその場で待機せよ」

小林平右衛門と義冬が大声で指示を出した。

「まさか表から来るとは思わなかったわ」

義冬が苦い顔をした。

旗本にとって屋敷は将軍から預かった出城である。その出城の大手門を破られては、旗本としての面目が立たない。

「遠慮なく討ち果たせ」

玄関まで出た義冬が家臣たちに命じた。

「固《かて》えなあ」

三発喰らわしても揺らがない蝶番に金槌の五助があきれた。

「まだか」

屋敷内の騒ぎに気づいた六条五郎兵衛が焦った。

「待ってろ」

金槌の五助が六条五郎兵衛を見もせずに怒鳴りつけた。

「危ない」

雪村熊太郎が脇差を抜き放って、飛んできたものを弾《はじ》いた。

「……矢」

中程から折れた矢が転がったのを見て、六条五郎兵衛が息を呑んだ。

「弓が出てきた」

脇差で雪村熊太郎が表門に繋《つな》がる塀の上を指した。

「げっ」

六条五郎兵衛が絶句した。

弓を構えた足軽が、左右に二人ずつ姿を見せていた。

「用意でき次第、随時に放て」

「はっ」

義冬の命に弓足軽たちが応じた。

「無理だ」

二人で四人の弓足軽を相手にするのは難しい。

六条五郎兵衛が怖《お》じ気《け》づいた。

「金のため。金を稼がねば飢える」

雪村熊太郎が腰の引けた六条五郎兵衛を叱咤《しった》した。

「また、吉原帰りを襲えばいい」

江戸唯一の御免遊郭吉原は浅草寺に近い。吉原で脂粉の薫を楽しんだ男の何人かは、浅草《あさくさ》田んぼのあぜ道を抜けて浅草寺裏へ出る。それを脅して有り金を奪うのが、六条五郎兵衛たちの生計《たつき》であった。

「小銭を奪って、その日暮らし。十両あれば、国へ帰り帰農できる」

堅実なことを雪村熊太郎が口にした。

「後の夢なんぞ、知るものか。ここで死ねば、すべて終わりだ」

六条五郎兵衛が逃げ出そうとしたが、数歩行ったところで首を射抜かれた。

「おいっ、おいらはどうなる」

金槌の五助が手を止めた。

「続けよ。守る」

雪村熊太郎が宣した。

「わかった。預けたぜ」

もう一度金槌の五助が金槌を振りあげた。

「放て」

左右から弓が飛んだ。

「えいっ」

一つを弾いた雪村熊太郎だったが、二本同時は無理だった。

「くっ」

咄嗟《とっさ》に金槌の五助をかばった雪村熊太郎の胸に矢が突き立った。

「いけねえ」

雪村熊太郎が崩れる音に気づいた金槌の五助が、顔色を変えた。

「うわあああ」

金槌を投げ捨てて、五助が背を向けた。

「逃がすか」

弓足軽が五助の背を狙った。

「がはっ」

背中から腹へ、斜めに射貫《いぬ》かれて金槌の五助が死んだ。

「門を開けよ。仲間を捕らえよ」

義冬が追撃を命じた。

「おう」

「承って候」

吉良家の侍が表門を開けて出撃した。

「……しめた」

潜んでいた郷原一造が表門が開いたのを見て、歓喜した。

「なにごとでござるか。お手伝いいたそう」

大名、旗本の屋敷には不文律として、門が閉まっている間はどのような手助けもしてはならないとされていた。

たとえ、なかで火が燃えさかっていても、表門が開かない限り火消しでも消火活動にはいれないのだ。

ただし、一度表門が開けば、それは手助けを求めるとの意味であり、なかへ入っても問題とされなかった。

「待っていたぞ」

「…………」

表門を入った郷原一造は、義冬の出迎えを受けた。

「吉良左少将《さしようしよう》である。そなたは誰か」

「……名乗るほどの者ではございませぬ。ただ、緊急のご様子を拝し、お力になれればと考えただけ」

「名乗るほどの者ではないのだな」

「……うっ」

念を押された郷原一造が詰まった。

「こやつも暴漢の一人である。討ち果たせ」

義冬が郷原一造を指さした。

「違う、拙者は手助けに……」

「問答無用、無断で当家を侵したのだ。不埒《ふらち》者に違いない」

もう一度助けに来たと言いわけした郷原一造を義冬は相手にしなかった。

「矢を射かけよ。槍《やり》どもその後に突っこめ」

「ま、待て。名乗る。徒目付の郷原一造でございまする」

武芸に通じていることが徒目付就任の基準だとはいえ、弓四張りに槍二本の相手はできなかった。

郷原一造が身分を明かした。

「徒目付か。当家に何用か」

「ですから、緊急……」

「なにを申すか。緊急と見て取るならば、当家の表門に無体を仕掛けた者どもをまず取り押さえるのが先であろう。それを門が開くまで見ていて、騒動に紛れてなかへ入りこむなど、徒目付と言うより火事場泥棒じゃわ」

同じ言いわけは義冬に通じなかった。

「見過ごしたわけは……」

「偽りを口にするな。出入りの医師から徒目付に誰何を受けたと報告を受けておるわ。この痴《し》れ者めが。最初から見ておきながら、よくも言えたものよ」

「…………」

義冬の糾弾に郷原一造が黙った。

「さては、この茶番もそなたの仕掛けじゃな」

「それは違いまする」

必死に郷原一造が否定した。

なにもかも押しつけられてはたまらない。旗本の監察の場合、徒目付は目付の指示で動く。たいがいの旗本ならば、徒目付の背後に目付の影を嗅《か》ぎ取っておとなしくなるが、高家は目付でも遠慮はしなかった。高家にも監察の権があり、それは目付も対象とする。

「礼法がなっておらぬ。学び直すまで登城を遠慮せい」

高家は礼法礼儀を司《つかさど》る。高家が認めないかぎり、大名、旗本は登城できなかった。登城できない目付など、田圃《たんぼ》の案山子《かかし》より値打ちがない。

「辞めよ」

すぐに同僚から宣告がされる。

「拙者は存ぜぬ」

だから目付は高家と直接の対峙《たいじ》をしたがらなかった。

「徒目付が勝手にいたしたのではないか」

目付にとって徒目付は、馬よりも軽い。切り捨てても一切良心は痛まない。

郷原一造が生《い》け贄《にえ》は御免だと思ったのも当然であった。

「ほう、では誰の指図か」

「あっ……」

嗤う義冬に郷原一造が絶句した。

しっかりと義冬は郷原一造を追い詰め、指示した者がいるという言質《げんち》を取ったのだ。

「申せ」

「…………」

催促を受けても郷原一造は答えられなかった。もし、目付立花主膳正《たちばなしゅぜんのかみ》の名前を出せば、この場を去ることはできるだろうが、その後どうなるかわかっている。

「上役を売るとは」

義冬からの抗議を受けた立花主膳正が、郷原一造を呼びつけて制裁を加える。

「徒目付の任を解く。屋敷に戻り、謹慎しておれ」

目付を怒らせただけでなく、義冬に借りを作った立花主膳正の身動きに制限がかかる。つまり、目付は二度と吉良家に手出しできなくなる。

「覚悟しておけ」

立花主膳正の思惑を無にした郷原一造の末路は憐れである。

無役になるだけではなく、目付の八つ当たりを喰らい、家禄《かろく》を減らされるか、もっと質《たち》が悪ければ、格落ちさせられて遠隔地の同心として送り出される羽目になる。

「この者、いささか思うところあり」

目付の名前入りの添え書きがあれば、遠国《おんごく》奉行などの上司にその意味は伝わる。

「山番をいたせ」

一人で山のなかの小屋へ詰め、熊や狼、山崩れ、豪雪などと戦う。そうなれば、半年も保《も》たない。

「潮を観測いたせ」

延々と同じことを繰り返させられる。こちらは心が保たなくなる。

郷原一造が口を固く閉じたのは、その運命を知っているからであった。

「平右衛門」

「これに」

黙った郷原一造から用人へと義冬が目を移した。

「目付部屋へ届けを出せ。屋敷へ不法に入りこんだ怪しい者を捕らえたら徒目付と名乗った。まちがいないかどうかを確かめて欲しいとな」

「ただちに」

「お待ちを」

小林平右衛門が立ち去ろうとするのを見た郷原一造が落ちた。

「すべてをお話しいたしまする」

郷原一造が語った。

「そうか。あやつめ……」

義冬が立花主膳正の顔を思い出して罵《ののし》った。

「左少将さま」

泣きそうな顔で郷原一造が義冬にすがった。

「安心せい。今は使わぬ」

義冬が郷原一造の名前は出さないと言った。

「その代わり、今後立花主膳正から命じられたことをすべて報せるようにいたせ」

「……はい」

郷原一造に義冬の依頼を断ることはできなかった。

「では、今回のことをお目付さまに……」

「そなたのことを伏せたままで、有り体に報告してよいぞ。あと、目付が来るというならば、できるだけ遅くさせよ」

許可を求めた郷原一造に義冬がうなずいた。

四

錦織玄蕃介は弓矢が出たところで、蒼白《そうはく》になった。

「飛び道具を出してくるとは……」

「……なにを言っている。問題はそこじゃない」

城戸市之助が、憤怒していた。

「へっ……」

「五助が門を叩くなり、弓矢が出てきた。弓はすぐに用意できるものではないのだぞ」

戸惑っている錦織玄蕃介に城戸市之助が叫んだ。

弓は本体と弦からできている。木をたわめて作った弓に弦を張ったままにしていると、その張力によって本体に負担がかかる。また、弦も張りっぱなしでは、緊張が続いて切れやすくなる。

いざというときに使えなくなっていましたでは、困る。

そこで弓は蔵で保管するとき、弓から弦は外すのが常識となっていた。

「その弓が四張も即座に応じてきた。これがどういう意味かわかるだろう」

「待ち伏せされていた……」

問うた城戸市之助に錦織玄蕃介がおずおずと答えた。

「おまえか」

すでに仲間だった三人は骸《むくろ》になっている。それを見ながら冷たい声で城戸市之助が、錦織玄蕃介に訊いた。

「ち、違う」

あわてて錦織玄蕃介が首を横に振った。

「では、誰だ」

「知らぬ」

錦織玄蕃介がふたたび首を左右に振った。

「おまえの主君はどうだ」

「このようなことをなさるお方ではない。なにより拙者がいるのだ」

毛利長門守の寵臣《ちょうしん》であるという自負が錦織玄蕃介を支えている。

「おまえが邪魔になったということはないか」

「馬鹿なことを言うな。長門……殿は……」

「そうか、雇い主は毛利か」

しっかりと錦織玄蕃介の失言を城戸市之助は逃さなかった。いや、わざと煽《あお》って失言を引き出したのだ。

「ち、違うぞ」

錦織玄蕃介が大慌てで否定した。

「なぜ毛利が吉良屋敷を襲う」

無視して城戸市之助が、考えこんだ。

「おい、市之助」

そこへ谷田助ノ丞が周囲を気にしながら、近づいてきた。

「どうだった」

「入れるものか。裏門のすぐ内側に何人もの気配があった」

谷田助ノ丞が錦織玄蕃介を睨《にら》みつけながら告げた。

「こいつじゃなさそうだ」

城戸市之助が、谷田助ノ丞がいだいた同じ疑念を晴らした。

「なら誰だ」

「わからん。偶然かも知れん」

「そんなわけがあるか。偶然で警戒しているなど考えられん。ここは門内だぞ」

城戸市之助の推測を谷田助ノ丞が蹴飛《けと》ばした。

鍛冶橋御門には番士がいた。あの番士たちの目を盗んで襲撃者が門を潜ることは容易ではない。つまり鍛冶橋御門内は安全なのだ。

「知らん、知らんぞ」

城戸市之助と谷田助ノ丞の目が己に向かっていると知った錦織玄蕃介が、高速で首を横に振った。

「とりあえず、逃げよう。ここにいてはまずい」

「うむ」

城戸市之助の案に谷田助ノ丞が同意、逃げられぬよう錦織玄蕃介を二人の間に挟んで吉良家から離れた。


吉良家から解放された郷原一造はその足で、目付立花主膳正のもとを訪れた。

「なにがあった」

立花主膳正は目付部屋の二階にある密談用の小部屋へ入るなり、問うてきた。

「さきほど……」

六条五郎兵衛たちの行動を郷原一造が語った。

「おう、ようやくか」

立花主膳正が喜んだ。

「で、吉良は黒か白か」

いきなり結論を立花主膳正は求めた。

「なかへ入れませんでした」

「なんだとっ」

郷原一造の答えに立花主膳正が驚いた。

「なにをしていた」

立花主膳正が郷原一造の怠慢だと決めつけた。

「弓矢にたすき掛けまでした家臣が待ち受けておりました」

「……………」

郷原一造の言葉に立花主膳正が一瞬唖然《あぜん》とした。

「漏れた……」

さすがに目付をするほどのことはある。日頃から吉良家が警戒をしているという考えは端《はな》から捨てていた。

「……………」

上役が考えているとき、下僚は黙っているべきであった。要らぬ発言は、思考を邪魔すると取られ、的確な助言は目付の矜持《きょうじ》を傷つける。

「待ち伏せていた感じだったか」

「そのように見受けましてございまする」

もう一度確認した立花主膳正に、郷原一造が首を上下に振った。

「……ふむ」

ふたたび立花主膳正が思案に入った。

「……吉良家の表門は破られなかったのだな」

「はい」

「吉良家を襲った者どもは全滅か」

「見える限りでは」

他にもいたかも知れないが、表門を突破することしか考えていなかった郷原一造には見えなかった。

「死んだのは三人であったな」

「先ほどご報告したとおり、三人でございました」

「三人とも矢傷だな」

「さようでございまする」

確かめるために立花主膳正がおこなった質問に、郷原一造は応じた。

「その死体はどうなった」

「屋敷のなかへ運びこんでおりました」

郷原一造が述べた。

「……どれくらい前だ」

「そろそろ一刻（約二時間）にはなるかと」

少し眉間《みけん》にしわを寄せて思い出すようにした郷原一造が言った。

「よし、付いて参れ」

立花主膳正が立ちあがった。

「吉良家へおいでになりまするか」

郷原一造が尋ねた。

「うむ。死体を検《あらた》める。矢傷とわかれば、曲輪内で飛び道具を使った廉で咎《とが》められよう」

江戸の城下は鉄炮《てっぽう》の使用が禁じられていた。もちろん、決められた鍛錬場所は別であるが、それ以外での発砲は重罪になる。矢についての決まりはないが、屋敷外に向かって射るのはさすがにまずい。

「急げ。死体を捨てられてしまえばそれまでじゃ」

立花主膳正が郷原一造を急《せ》かした。

「前触れをいたすため、駆けてよろしゅうございますか」

「ならぬ」

走ってもよいかと問うた郷原一造を立花主膳正が制した。

「目付は走ってはならぬ」

立花主膳正が首を横に振った。

目付は日頃堂々と江戸城の廊下を闊歩《かっぽ》している。その目付が走れば、周囲になにか非常のことが起こったと知らせることになる。

仕組んだのは立花主膳正なのだ。もし、吉良を押さえる前に公になると、裏を探ろうとする者が出てこないとは言えない。下手すれば、立花主膳正の立場を危うくしかねない。

「はっ」

郷原一造がいつもよりゆっくりとした歩みになった。

義冬は表門を入った玄関前の地面に菰《こも》を敷いて死体を検分していた。

「思ったよりも刺さらぬの」

どれも致命傷にはなっているが、貫いているものはなかった。

「首への一矢は通ったと思いましたが」

一緒に検分していた小林平右衛門が残念がった。

「あと少しだな。鏃《やじり》の尖《とが》りが喉越しに見えている」

義冬が六条五郎兵衛の死体を指さした。

「弓は近すぎるとあまり威力が出にくいのでしょうか」

すでに戦国は遠い。最後の戦いというべき島原《しまばら》、天草《あまくさ》の乱からも数十年経っている。島原、天草の乱は九州《きゅうしゅう》が戦場となったため、旗本のほとんどは出撃していない。実戦を知っている者は、まず江戸にはいなかった。

「そうかも知れぬな。弓は鉄炮と同じく遠くの敵を射貫く武器である。それだけに近接するとさほどの力が出ぬということか」

小林平右衛門の考えに義冬が納得をした。

「泰平の世に弓矢鉄炮は要らぬのかもな。飛鳥尽きて良弓蔵《おさ》められ、狡兎《こうと》死して走《そう》狗《く》烹《に》らるというやつだの」

義冬がことわざを口にした。

「ところで殿、こやつらの死体はいかがいたしましょう」

小林平右衛門が死体の始末について問うた。

「そうよな……」

義冬が考えこんだ。

無縁仏として、投げ込み寺へ捨ててしまうのがもっともよいのだが、吉良家から死体が三つも出たとなれば、いろいろな噂が出る。

「気に入らぬ家臣、小者を無礼討ちしたらしい」

これくらいならまだましなほうである。

「刀の試し切りに使ったらしい」

酷《ひど》いものになると、義冬を辻《つじ》斬り同様に扱う。

「……鍛冶橋御門の番士に引き渡そう」

「番士にでございますか」

「胡乱《うろん》な者を通した責任を問わぬ代わりに、そちらで始末せよと」

驚いた小林平右衛門に、義冬が口の端を吊《つ》りあげた。

「なるほど」

番士が無頼を見逃したとなれば、責任問題になる。言うまでもないが、表沙汰《ざた》になった場合の話であり、吉良家が黙っていれば鍛冶橋御門警固の大名は傷つかずにすむ。

「恩に着る」

大名にしてみれば、失策を隠蔽《いんぺい》できる。番方だけに出世はないが、それでも傷があるかないかは今後に大きく影響する。

「曲輪内で騒動を起こすなど論外である。あらためてお沙汰あるまで門を閉じ、身を慎んでおれ」

これは大名にとって、身が震えるほど怖ろしい咎めに繋がる。

「大名としての器量に欠ける」

石高を減らされたり、

「……への転封を命じる」

減石を喰らわなかった代わりに、稔《みの》りの悪い土地への転封が命じられる。表高は変わらなくとも実高は大幅に減るため、石高を減らされるより、付き合いを落とせないぶんだけ財政には厳しい。

「石高を減じ、転封を……」

「改易といたす」

さらに厳しい罰を与えられる可能性もあった。

「ことが重いゆえ、そなたが参れ」

「ただちに」

小林平右衛門が立ちあがった。

用人は主君の代理をするだけの格式を持つ。

「お目通りを」

ただの使者では会えぬ警固番の大名にも用人なら面会を要求できるし、大名も拒絶しにくい。

また、義冬が出向くとなると警固番の大名より、吉良が格下だと認めることになりかねない。かといって呼びつけては、角が立つ。

義冬の手立ては、じつに理に適《かな》っていた。

「やはりっ」

小林平右衛門から用件を聞いた十河が顔色を変えた。

「殿にお報せを」

もう一人の警固番が、門脇の詰め所に駆けこんだ。

「なんだとっ」

詰め所から大名の驚愕《きょうがく》の声が聞こえてきた。

「ただちに引き取りの人数を出しまする」

「左少将さまに感謝していたとお伝え願いたい。後日、あらためて御礼に参上いたす」

「よしなに」

「しかと伝えまする」

警固番の大名が盛大に感謝した。

「急げ、急げ」

大名が家臣を急かした。周囲に知られては問題になる。

「よいか、戸板は使うな。薦《こも》でくるみ、荷に見せかけろ」

戸板を使えば、死体に直接触れることなく楽に運べるが、一目でわかってしまう。

それでは、まずいのだ。死体を直に感じるだけでなく、出血や排出物が衣服に付くこともある担ぎで持ち帰ってこいと、大名は酷な指示を出した。

「では、こちらも用意をいたしましょう」

小林平右衛門が鍛冶橋御門から屋敷へと戻った。

「お下知どおりにいたしましてございまする」

「うむ。では、余は奥へ入る。差配は任せた」

小林平右衛門の報告を受けた義冬が屋敷のなかへと入った。

「立花主膳正であったか、あやつも急いで来るであろう。死体という動かぬ証《あかし》があるのだからな。余を抑えこむことができると勇んでおろう。だが……」

義冬が御座の間へと向かいながら、小さく嗤った。

第四章　目付の思い

一

公家《くげ》を動かすには、二つの方法があった。

一つは金である。

官位は高いが、家禄《かろく》は百石あるなしが大部分だけに生活は苦しい。さすがに飢えはしないが、屋敷の保全修復に回すほどの余裕はない。そんなぎりぎりの毎日を送っている公家に、小判の輝きはまさに誘惑であった。

もう一つは官位である。

公家に実はない。備前守《びぜんのかみ》だからといって、現地に赴任するわけでもなく、備前の大名である池田家《いけだ》になにか命令をすることはできなかった。ようは飾りであり、ただ官位という名誉があるだけであった。他に誇るもののない公家は官位の上下に一喜一憂する。また公家には家ごとに極官と呼ばれる出世の限界があった。大臣家《だいじん》ならば各大臣、羽林家《うりん》は近衛中将《このえのちゅうじょう》あるいは大納言《だいなごん》、名家《めいか》は大納言が極官である。とはいえ、五摂家《ごせっけ》とのかかわり、天皇の寵愛《ちょうあい》の度合いによって、極官をこえて任官するときもある。もっともこれは官打ちと呼ばれて非難の対象になった。しかし、この官打ちが続けば、それは前例になり、下位の公家にとっては家格を上げる大いなる手助けになった。

「どうやろう、官位で六位《ろくい》、七位《しちい》あたりを釣っては」

弾正尹《だんじょうのいん》がいつもの集まりで発案した。

「衛門少志《えもんのしょうさかん》で同じことやってるやないか」

頭中将《とうの》が二番煎《せん》じではないかとため息を吐いた。

「失敗ではないやろ」

弾正尹が反論した。

たしかに結果はよくないが、衛門少志は三郎《さぶろう》と平八郎《へいはちろう》をおびき出すのに成功している。近衛基熙《もとひろ》の登場でその後がよくなかったが、衛門少志は役目をちゃんと果たしていた。

「………」

頭中将がおもしろくないといった顔をした。

「官位やったら金は要らん」

「たしかにそうやけど、官位を決めるのは朝議やぞ」

胸を張る弾正尹に頭中将が首を左右に振った。

「七位を六位にあげるくらい、誰も文句は言わへんわ」

朝議に参加する高位の公家となると、三位《さんい》以上ばかりである。当然、気にするのは己あるいは、同じ格以上の公家であって、はるか下の六位や七位なんぞ、仲間とは思っていない。

「某《なにがし》を従六位下《じゅろくいのげ》にいたしたく」

「好きにいたせ」

それだけで終わるのは目に見えている。

「たしかに、弾正尹の言うとおりやなあ」

もう一人の公家が同意した。

「……わかった。その代わり、任せるで」

自分は動かないとの条件を付けて頭中将が承諾した。

「どれくらい誘う。少ないと衛門少志と同じ失敗をすることになるで」

「かといって多すぎると、漏れるで」

公家と頭中将が味方に誘いこむ七位あたりの下級公家の選定が難しいと嘆息した。

「多いほど有利なのはまちがいないけどなあ」

弾正尹も悩んだ。

戦いは数というのは真理である。一騎当千の武士《もののふ》といえども、実際は四人に囲まれたらまず勝てない。

「五人が集まれば、密事は漏れるともいうしなあ」

続けて弾正尹は悩んだ。

絶対に話してはいけないと命じたとする。これが一人ならば、漏れたとたんに誰が犯人かわかる。二人、三人までだったら、互いに見張らせ合えば漏れは防げる。だが、それをこえると、相互監視の段階が増えてしまう。四人で二人ずつを相互監視させれば、二組出来る。そうなればその二組も相互監視しなければならなくなる。そして、五人になれば、相互監視に余りが出る。そうなると監視の網目が大きくなりすぎる。

「公家三人で吉良《きら》とその従者をどうにかできるか」

「虎二匹に虫三匹で勝負になるわけないやろ」

頭中将の問いに、実際三郎と平八郎を見ている弾正尹が首を横に振った。

「なあ、どうしても吉良やないとあかんか」

公家が口を開いた。

「どういうこっちゃ」

弾正尹が怪訝《けげん》な顔をした。

「権中納言《ごんのちゅうなごん》を掠《さら》えばええやろ。それくらいやったら虫でもできるんとちゃうか」

「近衛家の当主を掠うつもりか。そんなもん知れてみい、後水尾《ごみずのお》上皇がお怒りになられるで」

公家の提案に頭中将が震えた。

「しやから、後水尾上皇さまに知られる前にすべて終わらせるんや。近衛権中納言を掠って、それを餌に吉良と従者の抵抗を防ぎ、片付ける。ほんで近衛権中納言は脅しあげてから解放したらええ。もちろん、そのすべては虫らにさせて、わたいらは知らん顔や」

「従うか、近衛を掠うとなれば、それこそ首をかけてになるで」

説明する公家に弾正尹が首をかしげた。

「そこはちいと報酬をあげればええ。従五位《じゅごい》にしたるといえばええやろ」

「いくらなんでも二段階の出世は目立ちすぎる。朝議は通らんぞ」

弾正尹が無理だと告げた。

朝議での出世は一位あがるかどうかであり、一気に従六位下から従六位上《じょう》、正《しょう》六位下、正六位上を飛びこえての従五位下は、よほどの功績でもなければまずありえない。

表沙汰《ざた》にできない手柄で、それを突破することはできなかった。

「二回に分けるとか、毎年一位ずつとか」

手立てを公家が提案した。

「毎年、同じ名前が一位ずつとはいえ、あげていくのも無理があるで」

頭中将が否定した。

「その辺りは、うまくいったら悩めばええことやろ」

公家が嗤《わら》った。

「そらそうや」

失敗すれば、報酬を払わなくてもいい。成功すれば、どうするかの手立てを考えればすむ。

「乗ってくる者はいてるか」

それでも弾正尹はまだ気が進んでいなかった。

「一人紹介できるで」

公家が告げた。

「ほう」

弾正尹が目を大きくした。

「麿の分家の分家やねんけどなあ。従六位で左京大進《さきょうのだいじん》をしておるねん」

「ええんか、遠縁とはいえ、一門やろ」

頭中将が気を遣った。

「別に。一応、年賀くらいは受け取るけどな。まともな付き合いはとうに切れてるわ」

平然と公家が述べた。

「で、そいつを薦める理由はなんや」

「笑うなよ。恋や」

弾正尹の疑問に公家が答えた。

「はああ」

「なんやそれ」

頭中将と弾正尹があきれた。

「笑うなと言うたやろ」

と念を押した本人が笑っていた。

「どこでどう見初めたかまでは知らへん。まあ、小耳に挟んだ噂みたいなもんや。左京大進が従四位少納言《じゅしいしょうなごん》の娘に一目惚《ぼ》れしたらしいわ。しかし、四位と六位ではちいと身分が違う。しかも己はもう極官、対して相手は権大納言までいける家柄や」

「届かんなあ」

「そもそも恋したらあかん相手や」

公家の説明に二人が首を横に振った。

「だからといってあきらめられるようやったら、恋なんぞせえへんわなあ。でまあ、なんとかならんかと動き回っているらしい」

「六位から二段飛となると四位か。届くなあ」

頭中将が唸《うな》った。

「しかしやで、恋で頭のなかが一杯のやつなんぞ、使えるか」

弾正尹が懸念を表した。

「夢が叶《かな》うとなればやるやろ。それこそ必死で」

公家が弾正尹の懸念を払拭《ふっしょく》した。

「ふむ」

弾正尹が考えこんだ。

「あと、そいつからたぐれば、他にも繫《つな》がると思うで。そういった身の程を知らん愚か者は、なぜかつるみたがるし」

手始めとしてちょうどいいのではないかと、公家が弾正尹の背中を押した。

「そこから伝手《つて》を探すか」

弾正尹が乗り気になった。

「やってみるわ」

少し考えた弾正尹がうなずいた。

そろそろ江戸《えど》へ戻ろうと思っていた三郎だったが、後水尾上皇から近衛基熙の手伝いをしろと言われては従うしかない。

「江戸へ報《しら》せを」

「しゃあないわなあ。手配させるわ」

さすがに当主である義冬《よしふゆ》に無断で、在京を延ばすわけにもいかない。近衛基熙が
うなずいた。

「急ぎやな」

「できれば、急いで欲しい」

問うた近衛基熙に三郎が願った。

「ほな、武家伝奏《ぶけてんそう》を使うか」

近衛基熙が手立てを口にした。

武家伝奏はその名前の通り、将軍と朝廷の仲立ちをする役目のことである。一応、
武家の願いを朝廷へ伝える役目となっているが、実態は幕府の代弁者に近く、選定
権も幕府にあった。

「武家伝奏といえば、清閑寺《せいかんじ》さまか」

「そうやな。もう一人野宮《ののみや》もおるけど、麿はつきあいが薄いからな、よう知らん」

三郎の出した名前に近衛基熙も同意した。

「江戸への七日飛脚を使いたいと言うても、清閑寺はんなら京都所司《きょうとしょし》代《だい》も文句いわ
んやろ」

近衛基熙が言った。

清閑寺従一位内大臣共房《じゆいちいないだいじんともふさ》は、家督を継いだあと、蔵人《くろうど》、左右小弁《さうしようべん》、左中弁《さちゆうべん》、蔵人頭《とう》兼左大弁《さだいべん》と文官の出世街道を進み、権大納言に至った。その後官を辞していたところを武家伝奏に任じられ、二年後には名家としては異例の従一位内大臣に補されている。

もちろん官打ちを果たせたのは、武家伝奏として幕府の役に立ったからである。幕府が背後にあるのだ。官打ちをしたからといって、陰口をたたく者はいない。清閑寺内大臣を貶《おとし》めるのは幕府を非難するのに等しい。五摂家に次ぐ権威を持ち、幕府の覚えもめでたい清閑寺内大臣の頼みとあれば、京都所司代も否は言えなかった。

「頼めるか」

「上皇はんをつうじれば、まちがいない。さっさと手紙をしたため。すぐに仙洞御所《せんとうごしよ》へ持っていくさかいな」

近衛基熙が三郎を急《せ》かした。

目付《めつけ》が役目で城外に出るときは、小人《こびと》目付を供とする慣例があった。

「小人目付なしでの臨検は、お目付さまのお名前にもかかわりまする」

「たしかにそうじゃ」

郷原一造《ごうはらいちぞう》の助言を立花主膳正《たちばなしゅぜんのかみ》は受け入れた。

「ただちに」

郷原一造が小人目付を呼びに行った。

小人目付は中之御門《なかのごもん》の側に控えている。

「立花主膳正さまが出られる」

「承知　仕《つかまつ》りましてございまする」

声をかけられた小人目付が郷原一造に従った。

「連れて参りましてございまする」

「大儀であった。参るぞ」

中之御門を出れば、鍛冶橋《かじばし》御門までは近い。

「見えた」

立花主膳正が近隣の大名家に劣《おと》らぬ豪華な吉良家屋敷を視界に捉えた。

「先触れをいたせ」

「はっ」

小人目付の一人が、走った。

「……開門、開門。御目付立花主膳正さま、御用の廉《かど》で臨検なさる」

表門の前で小人目付が声を張りあげた。

身分からいえば、目付は高家よりかなり格下になる。しかし、役目のうえでの臨検となれば、話は変わった。

当主あるいは、役目に就いている嫡男、一門の重鎮、格上あるいは同格の旗本、大名、そして将軍家以外では開かれることのない表門を、目付は開けさせることができる。

「開けまする」

事前に目付が来るとわかっている。

すぐに表門が開かれた。

「気に入らぬ」

立花主膳正が頬をゆがめた。

「いかがなされました」

郷原一造が尋ねた。

「普通ならば目付の臨検と聞けば、まず当主あるいは用人に話が行く。それが待ち構えていたかのように門番が表門を開けた」

「たしかに仰せのとおり、不審でございまする」

立花主膳正の言い分に郷原一造が同意した。

「わたくしめが先に参りましょうか」

「いや、それはならぬ」

郷原一造の申し出を立花主膳正が拒んだ。

「目付が徒《かち》目付の後ろに隠れるなど論外」

立花主膳正が首を左右に振った。

目付は戦場での軍《いくさ》目付にその端を発している。己は戦に加わらないが、味方の戦い振りを注視し、卑怯《ひきよう》未練なまねをした者を主君に告発する。軍目付の報告には主君といえども口は出せず、状況次第では家中の者の進退に大きな影響を与えた。

「おのれ、おまえのせいで……」

「よくも殿に讒言《ざんげん》してくれたな」

いかに公明正大を旨とする軍目付といえども、それを信じない者、逆恨みする者は出てくる。

闇討ちされることもままあるのだ。それを怖れて軍目付を断る、あるいは手心を加えるなどすれば、武名に傷が付く。

軍目付の矜持《きょうじ》は高い。それを目付は受け継いでいた。

「よしっ」

立花主膳正が気合いを入れた。

二

義冬は御座の間で立花主膳正の来訪を聞いた。

「小人目付二人、徒目付一人をお連れのようでございまする」

小林平右衛門《こばやしへいえもん》が報告した。

「徒目付は、あやつだな」

「はい。郷原某と申した者でございました」

確かめた義冬に小林平右衛門が首肯した。

「さて、ではお目付さまの顔を拝見するとしよう」

義冬が嗤いながら腰をあげた。

「目付、立花主膳正である。吉良家に疑義ありて臨検いたす。吉良家の者は、その場で動くな」

　表門をこえたところで立花主膳正が声を張りあげた。

「はっ」

　吉良の家臣たちが、その場で膝《ひざ》を突いて控えた。

「う、うむ。殊勝である」

　またもわかっていたかのような行動を取る吉良の家中に、立花主膳正が戸惑った。

「郷原」

「はっ」

　立花主膳正に呼ばれた郷原一造が、片膝を突いた。

「死体はどこだ」

「見たところございませぬ。隠したのではございますまいか」

　郷原一造が推察を口にした。

「探せ」

「承知。おい、一人付いて参れ」

　一人の小人目付を立花主膳正の警固に残し、郷原一造が命に応じて動き出した。

「そこな者、名をなんと申す」

それを見送った立花主膳正が、近くに控えていた吉良の家臣に話しかけた。

「畏《おそ》れながら、吉良家家中遠阪三内《とおさかさんない》と申しまする」

問われた家臣が名乗った。

「覚えた。隠し立てをせず、有り体に申せ。死体はどこにある」

「……死体……でございまするか」

遠阪三内と名乗った家臣が困惑した。

「そうじゃ。死体である。本日、ここの屋敷を襲って返り討ちに遭った者どものな」

「当家を襲った者がおると」

立花主膳正の詰問にも遠阪三内は怪訝な顔をした。

「そのようなことはございませぬ」

「偽りを申すな。この屋敷に三人の不逞《ふてい》な輩《やから》が襲いかかったというのは、把握している。隠せるとは思うな」

首を横に振った遠阪三内に、立花主膳正が憤った。

「と仰せられましても……」

遠阪三内が困った顔で近くにいる同僚たちを見回した。

「…………」

同僚たちも混乱している様相を呈していた。

「ええい、話にならぬ。誰ぞ、正直に申告する者はおらぬか。主家を裏切るというのは辛《つら》いだろうが、御上のためである。隠さず告げた者の罪は問わぬと約束しよう」

遠阪三内に見切りを付けた立花主膳正が家臣たちに呼びかけた。

「他家の臣を誘惑するのは、目付としてどうなのかの」

義冬が玄関まで出てきた。

「……左少将《さしょうしょう》」

「格上を呼び捨てにするのは、礼儀礼法に合わぬ行為であるぞ」

立花主膳正を義冬が咎《とが》めた。

「御用中である」

目付は役儀となれば、百万石の加賀《かが》家でも呼び捨てにできた。

「当家になんの用か」

義冬が立ったままで問うた。

「無礼であろう、左少将。御用中だと申したはずじゃ。控えぬか」

今度は立花主膳正が義冬の態度を咎めた。

「御用中……ほう、当家にどのような疑いがあると」

「曲輪《くるわ》内で人を殺したとの疑いである」

義冬に訊《き》かれた立花主膳正が告げた。

「はて、なんのことやら」

「とぼけるな。見ていた者がおるのだ」

「見ていた者……ほう、誰が見ていたと」

勝ち誇る立花主膳正に義冬が証人を出せと要求した。

「郷原、郷原」

屋敷内を調べに出た郷原一造を立花主膳正が呼び返した。

「……お呼びになられましたか」

少しして郷原一造が現れた。

「うむ。そなたが見たことを左少将に語ってやれ」

立花主膳正が郷原一造を促した。

「畏れながら……」

目付の指示だからといって、目通りの叶わない御家人が、旗本最高位の高家、し

した。

　郷原一造は義冬に一礼してから、吉良家表門を巡っての攻防を見ていたままに話

しかも肝煎《きもいり》の義冬に直接話をするのは身分違いも甚だしい。

「どうじゃ。畏れ入ったか」

　ぐっと立花主膳正が、義冬に迫った。

「よくできた芝居じゃの」

　義冬は動揺一つしなかった。

「芝居だと……」

「そう申すしかあるまい。証人がおると言うから、誰を連れてくるかと思えば、配下の徒目付。これを茶番と言わずして、なんと表する」

　予想外の反応に驚いた立花主膳正に、義冬があきれた。

「徒目付が偽りを申すわけなかろうが」

「本気で言っているのか」

　義冬が冷たい目で立花主膳正を見つめた。

「な、なんだ」

　立花主膳正が気圧《けお》されて、半歩下がった。

「本気じゃ。目付は正義である」

吾《わ》が身に活を入れるかのように大きな声で立花主膳正が述べた。

「左少将、今一度慈悲を与えてくれる。死体はどこにある。今ならば吉良の家に傷が付かぬようにしてくれる」

立花主膳正が約束を口にした。

「その代わり、城中礼儀礼法監察の役目を目付へ譲るよう、高家の皆を説得しろと言うのであろう。まったくふざけたことを」

義冬が嘲笑《ちょうしょう》した。

「…………」

見抜かれた立花主膳正が黙った。

「それほど疑うならば、屋敷中を好きに探すがよい。死体が出てきたならば、おとなしくそなたの軍門に降《くだ》ろう。ただし……」

義冬が一度言葉を切った。

「日が暮れまでに出てこなければ、そのときは覚悟してもらおう。高家より正式に目付へ抗議を申し入れる。と同時にご執政衆にもご報告仕る」

「……執政衆に」

義冬の発言に、立花主膳正が息を呑《の》んだ。

「さあ、家捜しするがいい」

「……郷原」

さっさとしろと急き立てる義冬に、立花主膳正が郷原一造へと顔を向けた。

「先ほどまでの捜索では、見つけられませんでした」

郷原一造が首を左右に振った。

「血の跡なども見受けられませぬ」

一緒に探した小人目付も目を伏せた。

「まさかっ」

立花主膳正が郷原一造に険しい目を向けた。

「違いまする」

それがなにを意味するかくらいわからなければ、徒目付という難役はこなせない。

顔色を変えて郷原一造が否定した。

「弓をお調べくださいませ。弓に弦が張られていれば……」

「臨戦態勢を取っていると」

「はい」

立花主膳正の確認に郷原一造が首を縦に振った。

「門番小屋を検《あらた》める」

「好きにされるとよい」

義冬が立花主膳正に手を振った。

「……どうだ」

門番小屋に入った小人目付に立花主膳正が問うた。

「弓はございませぬ」

「なんだとっ」

立花主膳正が驚愕《きょうがく》した。

「当家の弓は武具蔵にある。曲輪内に敵が来るはずはない。鍛冶橋御門を守っている番士がいる」

義冬がさりげなく誘導した。

「弓が要らぬと言うわけではない」

かつて桶狭間《おけはざま》で織田信長《おだのぶなが》に討たれた今川義元《いまがわよしもと》が、海道《かいどう》一の弓取りと言われていたことからもわかるように、武士は弓に重きを置く。

その今川家と縁続きでもある吉良が、弓を不要だなどと口にするわけにはいかない。

「しっかりと弓は武具蔵にあり、手入れも怠ってはいない。だが、鍛冶橋御門を守衛する番士たちがいてくれる。そして番士たちは弓も鉄炮《てっぽう》も槍《やり》も手練《てだ》れである」

「番士か」

立花主膳正が気づいた。

「鍛冶橋御門へ行くぞ」

郷原一造たちの返事も待たず、立花主膳正が吉良屋敷を後にした。

「お目付さま」

「お待ちを」

置いていかれた小人目付二人があわてて立花主膳正の後を追った。

「左少将さま」

「これで言いわけもできよう」

目を大きくした郷原一造に義冬が笑いかけた。

「急げ。目付の不審を買うぞ」

「はっ」

義冬に言われた郷原一造が一礼して、背を向けた。

鍛冶橋御門に着いた立花主膳正は目付としての権を利用するまでもなく、詰め所に置かれていた死体を見つけた。

「これはなんだ」

立花主膳正の問いに、当番の大名が誇らしげに胸を張った。

「門を突破して曲輪内へ入ろうとしたのでな、追撃して討ち果たした」

「どこで」

「吉良左少将さまのお屋敷近くだったとの報告を受けている」

続けた立花主膳正の質問に、大名が答えた。

「武器は」

「追う形になったのでな、弓を使った」

「なぜ鉄炮ではない」

少し離れた敵を討つには鉄炮こそ最適であった。弓で動く敵を射貫《いぬ》くには相当な腕がいるのに対し、鉄炮はまっすぐ撃てば当たる。

目付の疑問は当然であった。

「曲輪内で鉄炮を、お城目がけて撃つなど、本気で言われるか」

大名が驚愕した。

後に駿河《するが》大納言となる秀忠《ひでただ》の三男忠長《ただなが》が江戸城の西丸《にしのまる》にいたころ、堀にいた白鳥を鉄炮で撃ったことがあった。まだ若かった忠長は鉄炮の腕を褒めて欲しくて、その白鳥を父二代将軍秀忠に献上した。

「見事なり」

最初は喜んで忠長を褒めた秀忠だったが、それが堀の白鳥を櫓《やぐら》から撃ったものと知った途端激怒した。

「お城に向かって鉄炮を撃つなど、謀叛《むほん》に等しい」

目に入れても痛くないとかわいがっていた三男を秀忠は厳しく叱責《しっせき》した。これが原因となったのか、しばらくして忠長は駿府《すんぷ》へと封じられ、将軍の弟から一門大名に落とされた。

これが幕府にとって大きな前例となっており、曲輪内での発砲は鉄炮の修練であろうとも許されなくなっていた。

「……失言であった」

立花主膳正が発言を取り消した。

「いや、そもそも鉄炮は御門警固として配置されているが、玉薬は入れられていない。逃げる敵を追いながら玉込めをするなどできるはずもない」

目付を追い詰めても碌《ろく》なことはない。大名は立花主膳正の失言を別の理由を出すことで流した。

「なにか問題でもござろうか」

大名が尋ねた。

さすがに鉄炮はまずいが、弓ならば問題になりにくい。弓まで禁じたとなれば、御門警固は槍と刀だけで敵を防ぐことになる。ならば、最初から弓を配置せず、そのぶん槍を多くしろと言う意見がかならず出てくる。もし、敵が弓と鉄炮を持ち出せば、御門警固はまともに戦うことも出来なくなる。

「御門番士に死ねと言われるならば、目付衆にも軍目付として出張っていただきたい」

そう言われれば、拒否はできない。誰でも死にたくはないのだ。

「……いや、ござらぬ」

立花主膳正が嘆息した。

三

義冬にやられた。

立花主膳正は、鍛治橋御門番が弓を持ち出すことはないとわかっていた。番士詰め所に足を踏み入れたとき、壁に並べられている弓に弦が一つとして張られていないことをすばやく立花主膳正は確認していた。

「手を組んだな」

義冬と鍛治橋御門番の大名が利害を一致させ、立花主膳正を欺いたと見抜いていた。

しかし、それを覆すだけのものがなかった。

「弓に弦が張られておらぬではないか」

と大名を問いただしたところで、

「弓は使った後、弦を外して休ませてやるのが武士の心得でござる。御上より鍛治橋御門を守るべしとして下された弓を粗末に扱うわけには参りませぬ」

そう反論されれば、なにも言い返せない。

「近隣の屋敷に問い合わせたところ、門前に矢が飛び交っていたとの証言を得た」

と義冬を詰問しても、

「当家の矢だとどうしてわかったのかの。矢に紋を入れる趣味は、吉良にはござらぬぞ」

鼻先であしらわれて終わるのが関の山である。

「このままですむと思うなよ」

だからといって、黙って退くようでは目付として先は望めない。

「郷原の目撃もある」

立花主膳正は、より一層強く吉良家を狙った。

「……郷原はおるか」

「これに」

目付は基本徒目付を目付部屋の二階に呼び出す。

立花主膳正はそれをせず、城中の徒目付の控えになっている板の間を訪れた。

「付いてこい」

「はっ」

徒目付に目付の命を拒む権はない。

郷原一造は立花主膳正の後に従った。

「このへんでよかろう」

立花主膳正が徒目付控えから少し離れた廊下の隅で足を止めた。

「…………」

立ったまま目付の話を聞くなど、役儀で外に出ているときなら認められても、城中では許されるはずもない。

すっと郷原一造が片膝を突いた。

「そなたに今一度問う。まちがいなく吉良から矢は放たれたのだな」

「まちがいございませぬ」

ためらうことなく郷原一造が答えた。

「ならばよし」

満足そうに立花主膳正がうなずいた。

「郷原、そなた余の専任となれ」

「専任に……」

立花主膳正の発言に郷原一造が驚愕した。

目付は十人前後、徒目付も定員は決まっておらず増減があり、二十人から三十人くらいいた。あまりに大雑把すぎる計算だが、目付一人に二人から三人の徒目付が付随する。

とはいえ、目付と徒目付はその役目の性質上、いつも同じ者同士で組むことはなかった。偶然、手空きの徒目付が少なく、過去一緒に仕事をした者と出会うことはあるが、通常は避ける。これはずっと同じ者で組んでいると、互いに気心が知れて、どこかでなれ合いが生まれてしまうからであった。

「そうだ。そなたは、余の配下になる」

慣例をあえて立花主膳正は破った。

「左少将さまのことでしょうか」

郷原一造が推測を口にした。

「そうじゃ。今から別の者を使うとなれば、いろいろ話をせねばならぬ。それは手間でもあるし、知らずともよいことを知らせることにもなる」

もとは目付全体の望みであった城中礼儀礼法監察という権を手に入れるため、高家を罠《わな》に落とそうとしたことによるが、失敗を重ねることで話は立花主膳正個人の恨みに転じてきている。

今から新しい徒目付となると、立花主膳正の失策を知られてしまいかねないのだ。

「組頭に申しておけ。余の専任となったとな」

徒目付には三人の組頭がいた。基本、目付から徒目付全体への指示や徒目付側から目付に何か要望のあるときは、組頭が担当した。

「…………」

郷原一造が黙った。

専任となると、その目付の仕事や考え方などを詳しく知ることになる。そのため、専任となった徒目付は、その目付の異動とともに退任しなければならなくなる。

「不満か」

立花主膳正の目つきが険しいものになった。

「いえ……」

それこそ明日、立花主膳正が退任、あるいは転属しても不思議ではないのだ。余得がないとはいえ、徒目付という役目に就いているか、無役で小普請となるかの差は大きい。

小普請組に入るとお役目に出ない代わりに、石高に応じた人足を江戸城修繕のため派遣しなければならなくなる。百俵だとおよそ年間に二十人ほどを出すことになる。

それだけでも厳しいのに、小普請組は一度入ってしまうと、なかなか抜け出せない。御家人の数よりも役目のほうが少ないからだが、だからといってそのまま小普請組でくすぶっていれば、無能扱いを受ける。

「なにとぞ、お役にご推挙いただきたく」

当然、小普請組を抜け出すために動くはめになる。ほとんどの場合は、己が属している小普請組頭のもとへ金か音物を持って挨拶《あいさつ》にいくことから始まり、そのあともやる気を見せるために、組頭のもとへ日参しなければならない。

専任となったため、苦労を背負うのは郷原一造も不本意であった。

「お目付さま」

郷原一造が顔をあげた。

「なんじゃ」

「左少将さまのこと、もうおあきらめになられてはいかがでしょう」

「なんだとっ」

「昨日の一件も、あきらかに手配りされておりまする」

郷原一造が続けた。

「つまりは、左少将さまにお目付さまの案は見抜かれている。それどころか、見事に返されておりまする」

「徒目付の分際で、そなた余の策が不十分だと申すか」

立花主膳正が真っ赤になって怒った。

「違いましょうか」

郷原一造が開き直った。

「……………」

はっきりと言われた立花主膳正が沈黙した。

「そもそもあのような無頼を手配なされたのがよろしくございませぬ。御上は増えた牢人《ろうにん》を警戒なされておりまする。その牢人が曲輪内に入りこむのはあまりに不自然。ゆえに鍛冶橋御門の番士たちも見過ごした責を感じたからこそ、左少将さまの策に乗られた。でなくば、人を殺したのは我らなりとは言われますまい」

「むう」

立花主膳正が唸った。

「手配をしたのは余ではない」

「お目付さまではないと……」

吉良邸が襲われたなら、その隙を狙って屋敷のなかへ入りこみ、三郎の姿を確認せよとの指示を受けていた郷原一造が目を剝《む》いた。

「別の者に差配させた」

さすがに目付が毛利長門守《もうりながとのかみ》を脅したとは、いかに配下の徒目付とはいえ教えるわけにはいかなかった。

「では、誰が、いえ、どのような人物が、吉良家を襲うのかをご存じなかった」

目付が別の者と表し、実名を出さなかった。これ以上、そこを突いてはやぶ蛇になりかねない。郷原一造はすっと流して、話を先へ進めた。

「知らぬ」

立花主膳正が首を横に振った。

「お目付さま」

郷原一造がより真剣な顔つきになった。

「なにが訊きたい」

立花主膳正が促した。

「お目付さまはなにを目指しておられますのか」

「……目指しているところか」

郷原一造に問われた立花主膳正が少し考えた。

「本音が聞きたいのだな」

念を押した立花主膳正に、無言で郷原一造が首肯した。

「……………」

「余は目付で終わりたくないのだ」

立花主膳正が腹を割った。

目付は旗本の俊英でなければ務まらないと言われている。たしかにそのとおりではあるが、監察という役目が足を引っ張る。活躍すればするほど、恨みを買うのだ。罪に落とした本人に恨まれるのはかまわなかった。咎められた者は落ちていくだけで、決して目付に復讐《ふくしゅう》できる地位に戻ることはない。問題は、咎められた者の縁者であった。

旗本は連座が適応される。本人はもとより、親子兄弟、妻の実家も巻きこまれるときがある。この一族郎党のなかに幕府の実力者がいたときが問題であった。

連座の範囲から外れていれば、公式な咎めはないが、世間の口という罰は避けようがなかった。

「余計なことを」

そういった連中の怒りは目付へ向かう。

「生涯、他人の粗を探していればいい」

目付は誰の影響も受けない。選任も目付による入れ札と、他人がかかわらないやりかたで決まる。

ただ、転属だけは違った。

「目付某を大坂町奉行《おおさかまちぶぎょう》に」

「次の町奉行には、某を是非に」

誰かに引き立ててもらわなければならない。

当たり前の話だが、監察役という嫌われ者に慈悲の手が伸びることは少ない。

だからこそ目立ち、ここに吾《われ》ありと見せなければならなかった。

「どうだ。余が転じるときに連れていってやってもいい」

「それはありがたし」

郷原一造が立花主膳正から引き出したかった一言が出た。

目付から栄転した者が、徒目付を引き抜くことはままあった。配下として優秀で従順な者は、どれだけ出世しようとも貴重なのだ。

「諫言《かんげん》申しあげても」

早速郷原一造が立花主膳正に許可を求めた。

「かまわぬ。余は耳に痛い言葉を拒むほど狭量ではないつもりである」

立花主膳正がうなずいた。

「昨日、折角左少将さまが家捜しをしろと言われたとき、遠慮なさるべきではございませなんだ。本人が認められたのです。奥であろうが嫡男の居室であろうが、病室であろうが、遠慮なく入れました」

「老中《ろうじゅう》へ訴えると言われたのではしかたないだろうが」

郷原一造の意見に、立花主膳正が言いわけをした。

「そんなもの、嫡男がいなければできませぬ。左少将が折れるしかなくなるのです」

義冬に頭を抑えられている不満からか、郷原一造が立花主膳正を叱るように強い口調で言った。

「わかってないの。やはり下僚は下僚じゃ。先を、裏を考えていない」

立花主膳正がため息を吐いた。

「なにがわかっていないと……」

「嫡男が屋敷にいなかったとして、それがどうして吉良の首根っこを押さえることになる」

「えっ」

最初にそれを命じたのは立花主膳正であった。それが無駄だと言われては、指図どおりに動いた配下はたまらない。

「転地療養だと言われたら。下屋敷で静養していると言われたらどうする。そちらを調べるとは言えぬぞ。あくまでも家捜しの名目は、死体の有無だ。だからこそ、あのとき余は家捜しをせずに退いた」

立花主膳正が説明した。

「では、なぜ上屋敷に嫡男がいるかどうかを確かめろと」

最初の指示の意味を郷原一造が尋ねた。

「いないとわかれば、今度は下屋敷を探ればいい。それでいなければ、吉良を責められる」

「転地療養は……」

「ただちに連れてこいと言えばいい。旗本とその嫡男、正室は御上に無届けで江戸を離れることは認められていない。もし、転地療養だとしても、一日、最大で二日以内に連れ戻せるはずだ。それができぬとあれば、左少将は折れるしかなくなる」

郷原一造の疑問を立花主膳正が解いた。

「家捜しのついででは、名目がたたぬのだ。嫡男がいないとわかったということは、死体がないとの証明になってしまう。つまりは、余が弱い」

立花主膳正が無念そうに告げた。

「浅慮でございました。申しわけございませぬ」

郷原一造が平伏して詫《わ》びた。

「かまわぬと言ったであろう。そなたと余は一蓮托生《いちれんたくしょう》になった。これからも気づいたことがあれば遠慮なく申せ」

手を振って、立花主膳正が郷原一造を許した。

「次は下屋敷を探りまするか」

吉良家は幕府から麻布《あざぶ》に下屋敷を与えられていた。

「いや、もう同じ手は通用しまい」

立花主膳正が首を左右に振った。

「では、どのように」

「そなた、箱根《はこね》の関所へ参れ。そこで吉良の嫡男を待ち伏せせよ」

尋ねた郷原一造に、立花主膳正が命じた。

四

三郎と小林平八郎の二人は、近衛家に籠《こ》もってはいなかった。

「囮《おとり》となる」

「……すまぬ」

後水尾上皇の下命を果たすには、敵を誘い出すしかない。なにせ、相手は形だけで実態を伴わないとはいえ、公家への監察権を持つ弾正尹である。

すでに死んだ律令とはなっているが、弾正台は内大臣以下を監察、逮捕、詮議《せんぎ》することができる。この規定は裏返せば、五摂家、大臣家、清華《せいが》家へは手出しできないという意味であり、弾正台の機能を殺す原因となったが、今の近衛基熙は権中納言でしかないため、弾正台の独断で捕まえることができた。

もちろん、そのようなまねをすれば、後の報復はすさまじいものになる。それこそ、弾正尹は島流し、いや、自裁を強制される。

だが、後で殺されるか、今殺されるかとなれば、命を懸けた博打《ばくち》に出ても不思議ではなかった。

「多治丸《たじまる》になにかあっては、上皇さまに顔向けできぬ」

三郎が真剣な眼差《まなざ》しで近衛基煕を見つめた。

「だが、三郎たちが……」

近衛基煕が危惧《きぐ》したのも無理はなかった。三郎も従四位下侍従《じじゅう》兼上野介《こうずけのすけ》という官位を持っている。つまりは弾正台の標的になる。

「武家は律令外だ。弾正尹も手出しはできぬ」

律令に従って権を振るう弾正尹だけに、律令外の三郎たちに表だっては手出しできなかった。もし、無理押しをしたら幕府が黙ってはいない。

「しかし、先日のようなこともある」

三郎たちを襲う者が出てこないとは限らない。それを近衛基煕は怖れていた。

「来るならば、来ればよい。吾は己の身ぐらい守れる。そして平八郎は剣の免許を持っている。まず京《きょう》で勝てる者はおらぬ」

「若さまの御身は、かならずお守りいたしまする」

小林平八郎が強い口調で宣した。

「……わかった。しばし、待て」

すっと近衛基煕が立ちあがった。

「どう出ると思う」

三郎が小林平八郎に問うた。

「朝廷の権が使えぬとなれば……」

後水尾上皇の指図で動いていると公になっているわけではないが、それでも近衛基煕が主となっているのだ。その背後に後水尾上皇の影があるくらいはわかっている。

弾正尹からの命を拒めない弾正台の下僚たちでも、本気で三郎たちをどうにかしようとはしない。形だけ騒いで終わらせる。

長官はいずれ替わる。代々弾正台に奉職してきた下僚たちにとって、長官は飾りのようなものでしかない。その命を遵守して、長官と一緒に沈むなど、御免被りたいと思っている。

「せいぜい、目の前でおとなしくしろ、神妙にしろと騒ぐだけで、近づけばそれだけ離れていくだろうとは思う。問題は弾正台、衛門府以外だ」

「…………」

小林平八郎が思案に入った。

「弾正台、衛門府以外に、監察する役目があるのでございましょうか」

「ないはずだ。一時は北面の武士、西面の武士が検非違使《けびいし》の代わりをしたと言うが、鎌倉《かまくら》よりも前、はるか昔の話だ。そもそも北面の武士、西面の武士が使えるのか」

「使えぬわ」

三郎の疑問に答えたのは、戻ってきた近衛基熙であった。

「西面の武士はすでになく、北面の武士も案山子《かかし》じゃ」

近衛基熙が吐き捨てるように言った。

「天皇の警固が、それでよいのか」

「誰も主上を襲わぬからな」

あきれる三郎に、近衛基熙が苦笑した。

「主上のご宝算をお縮め申しあげるは、毒と女と金じゃ」

「毒はわかるが……」

武に通じていない公家が、天皇を害しようと思えば、毒を使う。過去、その手の噂はいくつもあった。

「女と金がわからぬ」

素直に三郎が首をかしげた。

「よい女は房事過多となり、腎虚《じんきょ》を招く」

閨《ねや》ごとは過ぎれば、男の寿命を削る。

「金は、主上の心労に繋がる。譲位をするにも男子を皇子として、姫君を内親王に遇するにも金がかかる」

今の朝廷に、天皇の息子を宮家として独立させるだけの力はない。同じく娘を内親王として降嫁させるだけの金もない。

「なにもできぬ。朕はなんのために主上と呼ばれるのだ」

食事に満足なおかずさえないのだ。生まれた息子や娘を僧や尼僧として、禁裏から放り出すしかできない、親としてなにもしてやれぬことを嘆く日々は、まちがいなく天皇の心を痛めつける。それが原因となって、衰弱死した天皇は枚挙に遑《いとま》がない。

「……なんとも憐《あわ》れな」

「三郎、それ以上は口にするな」

人臣の上に立つ天皇を憐れむなど、無礼極まりない。

思わず嘆きを漏らした三郎を近衛基熙が制した。

「すまぬ。気を付ける」

言われた三郎が詫びた。

「ああ、あと一つ間違いを指摘しておくぞ」

「どこがまちがっている」

近衛基熙の言葉に三郎が怪訝な顔をした。

「北面の武士は、仙洞御所の警固が任」

「主上ではないのか」

三郎が驚いた。

「もともと北面の武士は後白河《ごしらかわ》法皇が創設されたものだからな」

後白河法皇は妖怪《ようかい》と呼ばれるほど陰謀に長《た》けた人物であった。それだけに敵対する者も多く、後白河法皇は身を守る方法として北面の武士を作った。

しかし、武士が天下を取るに連れて朝廷の権威が落ち、北面の武士の数も減った。

「上皇を守る武士か」

大きく三郎がため息を吐いた。

「その北面の武士がいながら、我らに密命を下されるとは」

「使えぬのだから、しかたあるまい」

情けないと首を横に振る三郎に、近衛基熙がはっきりと述べた。

「おい、どっちが無礼だ」

三郎が近衛基熙の対応に苦笑した。

「さて、平八郎」

近衛基熙は三郎を無視して、小林平八郎に声をかけた。

「はっ」

小林平八郎が姿勢を正した。

「これを取らせる」

近衛基熙が太刀を一振り小林平八郎の目の前に突きだした。

「……これは」

小林平八郎が首をかしげた。

「これは吾が先祖、近衛前久《さきひさ》公が帯びておられた太刀じゃ」

「ご先祖さまが……」

聞いた小林平八郎が絶句した。

「といってもとりたてていい刀ではない。無銘の備前ものだ。上杉謙信《うえすぎけんしん》とともに関《かん》東《とう》制覇に向かったときも差していたと伝わっている」

近衛関白《かんぱく》前久は、乱世最後の関白であった。戦が好きで、織田信長の父信秀《のぶひで》を訪ねて、尾張《おわり》に行ったこともある。他にも大内《おおうち》家、今川家など近衛前久が訪れた大名は多かった。

武を好み、刀術、弓術、馬術を得意とした。

その近衛前久が愛用した太刀である。小林平八郎が怖れていたのはその格にであった。


当然、小林平八郎は顔色を変えて断った。位人臣を極めた近衛前久が佩《は》いた刀、それを無位無冠の己が使う。

小林平八郎にしてみれば、畏れ多いにもほどがあった。

「とんでもないことでございまする」

「気にするな。刀はどれだけの銘刀であろうが、使わねばただの鉄の塊に過ぎぬ。百両の値打ちがある茶碗《ちゃわん》だといっても、売らぬ限りはただの土塊」

断ろうとした小林平八郎に近衛基熙が応じた。

「ですが、あまりに身分が……」

「これを鍛えた刀工が、使う者の身分まで考えたと思うか」

「…………」

近衛基熙の言葉に小林平八郎が黙った。

「これで三郎の身を助けてやってくれ。頼む」

「権中納言さま……」

頭を下げた近衛基熙に、小林平八郎が絶句した。

「平八郎、お受けいたせ」

「ですが、若さま……」

「今さら多治丸も引っこめられまい」

三郎が小林平八郎を宥めた。

「将来の関白が、一度下賜すると言ったものを、遠慮されたからと引っこめられるはずがなかろう。そんなまねをするようでは、とても朝堂の頂点たり得まい」

政治をおこなう者は、口にしたことをかならず実施しなければならない。不言実行ではない、有言実行こそ他者に己を信じ頼らせる唯一の方法なのだ。

「……わかりましてございまする」

小林平八郎が近衛基熙の前に手を突いて、平伏した。

「ご佩刀《はいとう》、ちょうだいいたしまする」

「うむ。役立ててやってくれ」

満足そうに近衛基熙がうなずいた。

「吾にはないのか」

三郎が笑いながら厳粛な雰囲気を茶化した。

「残念だの。麿に年頃の娘か、妹がおれば、無理矢理でも押しつけてやるのだが」

近衛基煕が冗談で返した。

「多治丸を義父あるいは義兄と呼ぶのか。勘弁してくれ」

「そこまで嫌がられると、意地でもやってみたくなるの。上皇さまにはまだ内親王宣下をしていない姫がおられるはずじゃ。そのお方を近衛の養女にして……」

「悪かった」

三郎が近衛基煕に謝罪した。

「ふふふ」

楽しそうに近衛基煕が笑い声をあげた。

従六位下左京大進というのは、公家としては下から数えたほうが早い。ただし、これは地位のことであって、天皇一人を頂点とする三角形の人数で考えればほぼ真ん中にあたる。

いわば、凡百の公家であった。

「ああ、愛《いと》しの姫御前」

若い左京大進が夢を見るような顔で呟《つぶや》いた。

「今少し、待っていてくだされ。かならず御身にふさわしい地位を得て、お迎えに参上つかまつる」

「大丈夫かいな、これ」

「知らんがな」

うっとりと自分に酔っている左京大進を周囲の公家たちが不安げに見ていた。

「べつにかまへんで。こいつが頭というわけやないし」

公家の一人が嘲笑を浮かべた。

「そういうけどなあ、出雲権守《いずものごんのかみ》はん。足引っ張られたらたまらんがな」

「ほんまや。左衛門尉《さえもんのじょう》はんの言うとおりや」

反論が複数の公家から出た。

「……いざというときは、贄《にえ》にしてしまえばええ」

出雲権守と呼ばれた公家が声を潜めた。

「贄か」

左衛門尉と言われた公家が考えた。

「相手は権中納言とはいえ、近衛の当主や。後ろには上皇はんがついてはる。うまく旗本二人を罠に嵌《は》めたとしても、まちがいなく上皇はんが出てきはる。とはいえ上皇はんが直接出張らはることはないから、まず刑部《ぎょうぶ》へ探索が命じられる。上皇はんのお指図や、逃がしましたとは言えへん。それこそ、刑部卿は大宰権帥《だざいのごんのそち》やぞ」

かつて菅原道真《すがわらのみちざね》が政争に負けて九州《きゅうしゅう》の太宰権卒として京から追放された故事にならって、大宰権帥とは左遷を意味した。

「たしかにそうや」

左衛門尉が出雲権守の意見に賛成した。

「その必死の刑部卿の前に、左京大進を置いといたらどうなる」

「刑部卿も満足するなあ」

もう一人の公家が納得した。

「それまでの間や、夢くらい見したれ」

出雲権守が冷たい目で左京大進を睨んだ。

「四位の姫か。そんなええもんかいな」

「さあな。気位だけ高い女なんぞ、こっちはごめんやけどなあ」

「心配しいな。あっちもおまはんやったらお断りやで」

三人の公家たちが笑った。

「それにしても、なかなか出てけえへんなあ」

左衛門尉が近衛の屋敷を遠目に見つめて、嘆息した。

「たしかにもう半日をこえるなあ」

「今日は出てけえへんのと違うか。今からやったら、門を出られても、閉門までに帰って来られへんぞ」

出雲権守もぼやいた。

「さっさとしてくれへんと、何日も仕事を放ったらかしにでけへん」

「仕事なんぞないがな」

公家の文句に左衛門尉が言った。

「役所に出なあかんやろ。休みすぎたら、嫌み言われるがな」

「嫌みなんぞ聞いてるんか」

「聞く気はないけど、耳には入るやろ」

公家たちが雑談に興じて、暇を潰《つぶ》した。

「そろそろ閉門のころやな。今日はここまでにしょ」

出雲権守が終わろうと口にした。

「そうやな」

「また、明日か」

左衛門尉ともう一人の公家も同意した。

「姫に会いたい……」

「左京大進はん、帰るで」

まだ夢のなかにいる左京大進に出雲権守が声をかけた。

「……なにか言ったか」

「はあ。帰ろうと」

聞いていなかった左京大進に、出雲権守が大きく嘆息した。

「もう、そんなころあいか」

ようやく左京大進が戻ってきた。

「ほな、また明日」

左衛門尉が手をあげた。

「……待ち、門が開いたで。近衛はんの」

出雲権守が制止の声を出した。

「なんやて」

「今ごろから……」

公家たちが緊張した。

「あれちゃうか、二本差が二人。若い」

「まちがいない。それや」

誰も三郎たちの顔を知らないが、若い武士で近衛家から出てくるとしたら、三郎たちしかいないと理解していた。

「あれか」

左京大進の顔つきが変わった。

「あれを片付ければよいのだな。さすれば麿は従四位に」

「おい、勝手に動くな」

目つきの怪しくなった左京大進を出雲権守が抑えようとした。

「放せ、きさまも麿と姫の仲を邪魔するか」

左京大進の声がうわずった。

「あかん、押さえこめ」

「おう」

左衛門尉と公家も出雲権守に協力して、左京大進の暴走を防ごうとした。

「うわあああ」

左京大進が大声を出して、出雲権守を振り払った。

「姫のためえええええ」

腰の刀を抜きもせず、左京大進が三郎たちへと駆けた。

第五章　屋敷の攻防

一

三郎《さぶろう》は、近衛《このえ》屋敷を出た途端、奇声をあげて突っこんでくる公家《くげ》に、一瞬呆然《ぼうぜん》となった。

「いなくなれえええ」

左京大進《さきょうのだいじん》が三郎に向かって叫んだ。

「若さま」

すっと小林平八郎《こばやしへいはちろう》が間に割りこみ、太刀の柄《つか》に手をかけた。

「平八郎」

命を捨ててでも守ってくれる従者の姿に、三郎が安堵《あんど》を覚え、落ち着きを取り戻した。

「止まれ、狼藉《ろうぜき》者」

小林平八郎が大声で制止しようとした。

「邪魔をすんなやあ」

左京大進は小林平八郎に大きく手を横に振って、どけと命じた。

「それ以上近づくな」

小林平八郎が鯉口を切った。

「抜くな」

相手が素手であることを確認した三郎が小林平八郎に指示した。

「蹴《け》り飛ばせ」

馬鹿の目を覚ますには暴力が手っ取り早い。

「承知」

太刀の柄から手を離した小林平八郎が身構えた。

「わあああ」

左京大進が小林平八郎へ襲いかかった。

「あの阿呆《あほう》」

「弾正尹《だんじょうのいん》はんから言われていた策が吹っ飛んだやないか」

左衛門尉《さえもんのじょう》と公家が吐き捨てた。

「いや、そうでもないかも知れんぞ」

出雲権守《いずものごんのかみ》がおもしろそうな顔をした。

「どういうこっちゃ」

「まあ、見とけ」

首をかしげた左衛門尉に出雲権守が言った。

間合いに入った左京大進に小林平八郎は遠慮しなかった。

「ふん」

小林平八郎が一歩踏み出し、左京大進の腹へ右足を食いこませた。

「……ぐえええええ」

蹴りの威力に己の突進力が合わさった一撃をまともに食らった左京大進が吐瀉《としゃ》しながら、盛大に吹き飛んだ。

「がはっ、ふはっ、い、息が……」

みぞおちをしたたかに打ち抜かれた左京大進が呼吸困難に陥った。

「……うわあ」

「きついやろなあ」

少し離れていても、左京大進の苦しみはわかる。

左衛門尉と公家がおののいた。

「よっしゃ、行くで」

出雲権守が歩き出した。

「平八郎、刀を取りあげて縛りあげよ」

「はっ」

三郎に言われて小林平八郎が左京大進を縛りあげた。

「こちらに運べ。どうやら取り返しに来た奴がいる」

「…………」

小林平八郎が、左京大進を俵のように担いで、三郎の後ろに置いた。

「無礼者、左京大進に狼藉を働くなど、朝廷に対する謀叛であるぞ」

正対した三郎を、出雲権守が咎《とが》めた。

「平八郎、その馬鹿を近衛さまにお渡ししろ」

「……よろしいのですか」

三郎の指図に小林平八郎がためらった。

わずかの間とはいえ、三郎を三人の敵対者の前に残すことになる。護衛としてしてはならないことである。

「こいつらていどにやられると思うか」

どう見ても武芸のたしなみがあるとは思えない三人の公家を、三郎は嘲笑《ちょうしょう》した。

「こいつ……」

その嘲弄《ちょうろう》に反応したのは、出雲権守だけであった。

「たしかに。では」

小林平八郎が納得した。

「待て、そこの小者。左京大進はんを解放せんか」

左衛門尉が、背を向けた小林平八郎に声をかけた。

「…………」

武士にとって主君の命《めい》以上に重いものはない。小林平八郎は左衛門尉の声に反応することなく、左京大進を運んだ。

「そなた……」

公家として無視された経験などない。左衛門尉が唖然《あぜん》とした。

「死んだ権威を振り回して喜ぶのが、京者の性《さが》よなあ」

左衛門尉を三郎が鼻先で嗤《わら》った。

「くっ」

三郎を睨《にら》んだ左衛門尉だったが、なにも言い返さなかった。

「ほう、どうやら拙者のことを知っておるようだな」

「阿呆」

「しくじった」

嗤いを浮かべたままの三郎に、出雲権守が左衛門尉を睨み、左衛門尉が苦い顔をした。

「従四位下侍従兼上野介《じゅしいのげじじゅうこうずけのすけ》の吾《われ》に、用か」

三郎が先に権威を振り回した。

「…………」

三人は黙った。

「用がないならば散るがいい」

手を小さく振って、三郎が三人の公家を追い払った。

「いや、そうはいかぬ。左京大進はんを放ってはいけぬ」

「安心しろ。あのていどの輩《やから》を斬るほど暇ではないのでな」

出雲権守の言葉を三郎はあしらった。

「今返せば、小者の無礼を見逃してくれる」

公家らしい上からの物言いを出雲権守が告げてきた。

「そなたは許すだろうが、左京大進はどうだ。縄を解いたとたん、無礼者と平八郎を咎める……どうだ」

「…………」

「ばれてる」

三郎の推測に出雲権守が沈黙し、左衛門尉が失言した。

「おいっ」

公家が左衛門尉をたしなめたが、すでに遅かった。

「それにしてもあの左京大進だかは、なんだ」

いきなり襲いかかってきた左京大進の行動に三郎は理解が及ばなかった。

「……知らん」

出雲権守がそっぽを向いた。

「興奮しただけやろ」

左衛門尉が目をそらした。

「間に平八郎が割って入ったからよかったが、吾に当たっていたら首はないぞ」

武家としての矜持《きょうじ》がある。無体を仕掛けられて黙って見過ごすことはできなかった。

「殺す気かい」

三郎の言葉に左衛門尉が驚愕《きょうがく》した。

「身体ごと当たってきたのだぞ。暗器でも持っていたらどうなる」

暗器とは手のひらに隠せる小さな刃物や金属でできた細い糸のような、目立たない武器のことだ。

「そんなまねを左京大進はせぬわ」

「阿呆め」

言い返した出雲権守を三郎が罵《のの》った。

「するかせぬかなど、初見でわかるのか」

「姿格好で公家だとわかろうが」

三郎に言われた出雲権守が反論した。

「ほう、公家というのは服装で決まるのか。ずいぶんと安いものだ。その辺の民が拾った装束を身につけていたら、昇殿もできる。帝《みかど》に拝謁もできるのだな」

「……それはっ」

正論に出雲権守が詰まった。

「なあ、吉良はん」

官名の侍従や上野介ではなく、名字で呼んだのは武家の官位は律令外だと暗に言いたいのだ。

左衛門尉が三郎に声をかけた。

「左京大進はんを許したってくれへんか」

「許して吾になんの得がある」

三郎が左衛門尉の頼みに反応した。

「得……」

左衛門尉が三郎の返答に啞然とした。

「こっちは命を狙われたのだ。そのうえ、そこの名も名乗らぬ無礼な公家風の男に従者を罪に落とすとまで脅された。その無礼をまず詫《わ》びるべきであろう」

「うっ」

「左衛門尉はん」

　またも詰まった左衛門尉を、出雲権守が促した。

「帰る」

　出雲権守がさっと踵《きびす》を返し、すたすたと去っていった。

「よほど後ろ暗いことがあるようだ」

　もう一度嘲笑を三郎は浮かべた。

「すんまへんなあ」

　左衛門尉がなんとも情けない顔で頭を下げた。

「このありさまで許してくれとは、もう言えまへん」

「言えば厚顔無恥を越えられるぞ」

　首を横に振った左衛門尉に三郎が追い打ちをかけた。

「勘弁しておくなはれ」

　左衛門尉が手を振った。

「許してくれとは言いまへんが、手酷《てひど》いまねだけは避けてやってくださいませんか」

「手酷いまね……責め問いか。そんなことはせぬ。面倒だからな。しなくても素性くらいは権中納言さまがすぐにお調べくださろうし。やるとしたら、武家らしく一刀両断に処すくらいよ」

「ひえっ」

「剣呑《けんのん》な」

左衛門尉と公家が震えあがった。

「さて、おぬしたちにも付いて来てもらおうか。いろいろ話も訊《き》きたいことであるし」

三郎が近づいた。

「あかん、逃げるで」

「あ、ああ」

左衛門尉と公家が脱兎《だつと》のごとく駆けだした。

「なんとも肚《はら》のない連中でございますな。後をつけまするか」

静かに戻ってきていた小林平八郎があきれながら、訊いた。

「不要じゃ。どうせ枝葉にすぎぬ」

三郎が首を左右に振った。

「それより、捕まえた奴を調べてみるほうがよかろう」

「では、お屋敷へ」

小林平八郎が警固らしく、三郎の後ろに付いた。

二

近衛家の屋敷では、庭先に縛られたままの左京大進が転がっていて、それを縁側から冷たい目で近衛基熙《もとひろ》が見下ろしていた。

「手間を取らせた」

「いや、こちらこそ悪いの」

三郎と近衛基熙が互いに詫びを言い合った。

「お二人が謝ることではございませぬ。悪いのはこやつでございましょう」

小林平八郎が苦笑しながら、割って入った。

「確かに」

「そうやな」

三郎と近衛基熙が顔を見合わせて笑った。

「さてと、左京大進とやら」

見下ろしたままで近衛基熙が声をかけた。

「…………」

「口をつぐんだままですむと思うなよ」

近衛基煕が声を低くした。

「助けが来ると思っているのだろうがな。そんなもの、この屋敷に入れると思うか」

「…………」

「三郎、こいつの扱い任せてもらうぞ」

「最初から、押しつけるつもりであった」

「こやつ……」

平然と告げた三郎に、近衛基煕があきれた。

「誰ぞある」

「お呼びで、御所はん」

近衛基煕の召し出しに、すばやく小者が応じた。

「こやつに水を与えよ。飲まなければそれでええ。猿ぐつわをして、薪小屋へ押しこんでおけ。死んでもかまへん。なにがあっても取り合うな」

「……へい」

日頃温厚な近衛基熙の強硬な態度に、小者が震えながら首肯した。

「五摂家《ごせっけ》に敵対する。この意味を思い知るがいい。連れていけ」

「……………」

無言を貫いた左京大進が運ばれていった。

「どうする。来るぞ」

「来るやろうな」

三郎の危惧《きぐ》に近衛基熙が同意した。

「さすがに近衛家の当主である麿を捕縛はでけへんけどな。家捜しくらいは無理押しでしにくるやろう」

近衛基熙が頬をゆがめた。

五摂家とはいえ、まだ当主は幼く、官位も低い。身柄を押さえることはできなくとも、家のなかを検《あらた》めると言われては拒めない。

「あいつを捨ててくるか」

家捜しの理由となる左京大進がいなければ、弾正台《だんじょうだい》も検めには来ない。屋敷検めをするのは、確実に証拠が見つかるとわかっているときだけで、万一、空振りをしたときは、報復を覚悟しなければならない。

だから、左京大進を解放してしまえば、屋敷検めはなくなる。

「それも手やけどなあ、せっかくの手がかりやろ。上皇はんのお指図に従うとなれば、好機やないか」

「それはそうだが……」

「せっかく釣りあげた魚や。ここから網をたぐり寄せて、阿呆どもを一網打尽にしたら、一挙解決や」

近衛基熙が両手を鳴らすように叩《たた》いた。

「それにそのほうがええやろ。麿は三郎にずっといてもらいたいけどなあ。江戸《えど》をいつまでも空けとくわけにはいくまいが」

「すまぬ」

そこまで考えてくれている近衛基熙に三郎は頭を下げた。

「問題は……」

「どう対応するかやなあ」

三郎と近衛基熙が揃って嘆息した。

「人一人を完全に隠すのは難しいぞ」

人体は重い。さらに折り曲げたり、たたんだりできない。息もすれば、排便もある。水と飯を喰《く》わさないと死ぬ。

三郎が眉間《みけん》にしわを寄せた。

「天井裏、床下はあかんわなあ」

「確実に調べられるぞ」

そういった他人目に付きにくいところほど、検めの対象になる。

「いっそ、厠《かわや》の便壺《つぼ》に……」

近衛基煕が提案した。

くみ取り式の便所ではあるが、五摂家ともなると便所の大きさが桁違《けたちが》いになる。近衛基煕たちの排便の後始末をする家来たちが控える次の間、さらには臭い消し代わりの香を焚《た》く棚と民草の家並の広大さがあった。

その床下も当然広い。

「かわいそうだが、そこしかないか」

三郎も同意しかけた。

「よろしゅうございましょうか」

ここでも小林平八郎が口を挟んだ。

「なんや」

「どうした」

近衛基熙と三郎が、揃って小林平八郎を見た。

「気の合われることでございますな」

この三人のなかでは最年長になる小林平八郎がほほえんだ。

「仲が悪いよりはよかろう」

三郎が照れた。

「で、どうした」

「さようでございました」

近衛基熙に問われた小林平八郎が姿勢を正した。

「左京大進でございましたか。あれの本当の使い道は、はたして近衛さまのお屋敷を検めるためのものでございましょうか」

「そうであろう」

「他に考えられんの」

小林平八郎の疑問に三郎も近衛基熙も不思議ではないと応じた。

「では、左京大進を屋敷検めで見つけたとして、それでどうやって近衛さまに掣肘《せいちゅう》を加えるというのでございまするか」

「拐《かどわ》かしの罪……」

「だろうなあ。さすがに生き証人がいれば、弾正台の訴えを朝議も無視できまい。麿に禁則くらいは喰らわせられよう」

三郎と近衛基熙が語った。

「拐かしにはなりませぬ。ことは左京大進が先に手出しをしたことにございまする。それを見ていた者もおりまする」

「あの三人なら、敵だぞ」

小林平八郎の言葉に三郎が首を左右に振った。

「あれらを勘定には入れておりませぬ」

「衛門か」

近衛基熙が気づいた。

今出川御門《いまでがわごもん》と近衛家の屋敷は隣同士というか、繋《つな》がっている。今出川御門に勤める衛門たちが、近衛家の門前で起こった騒ぎに気づいていないはずはなかった。

「衛門は敵だろう」

三郎が懸念を表した。

「いや、上皇はんが麿の後ろ盾やとわかった今、衛門たちはこっちの味方や。たとえ味方でなくとも敵対はせえへん」

近衛基煕が述べた。

「不埒《ふらち》者を捕まえたとあれば、拐かしとは言えぬな。せいぜい、弾正台の役目を表に出して、左京大進を連れて帰るというのがええところやろう」

続けて近衛基煕が口にした。

「それで左京大進は強気に出ているということか」

三郎が納得した。

「お待ちくださいませ。本当に屋敷検めは左京大進を取り戻すだけのものでございましょうか」

ふたたび小林平八郎が疑問を呈した。

「違うのか」

近衛基煕が問うた。

「見つけ出したところで、権中納言さまにも若さまにも何一つできませせぬ。そのためにわざわざ近衛さまのお屋敷に検めをかけるのは、己が後ろで糸を引いていると宣言するも同然ではございませぬか」

「いや、すでに弾正尹は敵やとわかってるで」

小林平八郎の主張に近衛基熙が今さらのことだと言った。

「平八郎、なにを怖れる」

三郎が小林平八郎の言動に怪訝《けげん》を覚えた。

「もし、検めが左京大進の保護ではないとしたら……」

小林平八郎が一度、息を溜《た》めた。

「したら、なんやねん」

近衛基熙が先を促した。

「左京大進を利用し、検めをおこなうことで中納言さまに打撃を与えるには、どうすればいいか」

小林平八郎が表情を険しくした。

「もし、屋敷検めで左京大進の死体が見つかったらどうなります。それもあきらかに殺されたとわかる形で」

「なにを言い出すか。多治丸《たじまる》か吾が人殺しをしたと……」

三郎が大声で小林平八郎を押さえようとした。

「落ち着き、三郎」

近衛基熙が手を伸ばし、三郎の肩に置いた。

「殺された死体が屋敷にあったとなれば、いかに近衛とはいえ、そのままではすまぬ。少なくとも、無関係とわかるまでは屋敷で謹慎せんならん。そして、三郎、そなたは朝廷では裁けんよってな。禁裏付を通じて京都所司代《きょうとしょしだい》に引き渡されることになる」

「…………」

三郎が息を呑んだ。

「左京大進は生《い》け贄《にえ》……」

「ああ」

唖然とする三郎に近衛基煕がうなずいた。

「解放するべきだ」

「いや、かえって悪かろう」

危険なものは遠くへやるべきだと言った三郎に、近衛基煕が力なく首を横に振った。

「解放したところで、左京大進が殺されるのは確かや。そして、左京大進と三郎たちがもめていたことをあの三人の公家が証言するはず」

「あれは、向こうから……衛門が証明してくれるだろう」

三郎が反論した。

「衛門が見たのは、三郎と左京大進がもめてからや。それでは三郎の無実を証明することにはならへん」

近衛基熙がため息を吐いた。

「…………」

状況が一変したことに三郎は絶句した。

「そうなれば、麿は無事でも三郎はどしようもなくなる。京都所司代を経て、江戸へ送り返されることになる」

「それは避けねばならぬ」

届け出なしの上京は、それだけでも吉良の家を揺るがしかねない。そこに公家殺しまで加われば、三郎は切腹、吉良家は改易、連座で父義冬《よしふゆ》も自裁しなければならなくなる。

「だな」

近衛基熙もうなずいた。

「どうやって左京大進を守るかは後で考えるとして、まずは薪小屋から屋内に移そう。あそこでは殺してくれと言ってるも同然だ」

三郎が立ちあがった。

三

三郎たちの前から逃げた三人の公家は、その足で弾正尹の屋敷へ報告に行った。

「……このような状況になりまして……」

三人を代表して左衛門尉が経緯を語った。

「ご苦労やった。おまはんらは屋敷に帰って、普段どおりにしとき。近いうちに正式な呼び出しを弾正台からかけるよってになあ。そのときは素直に出てこい。万が一にも逃げ出したり、病気やとか言うて出頭せなんだら、家ごと潰《つぶ》すぞ」

「へ、へいっ」

あからさまな脅しに小者のような声を出して、左衛門尉が首を何度も縦に振った。

「…………」

「で、ではこれにて」

無言の出雲権守を誘って、もう一人の公家が出ていった。

「ふん」

出ていった三人の情けない姿に弾正尹が、鼻を鳴らした。

「我慢できなかったか、左京大進は」

弾正尹があきれた。

「ああなる前は、そこそこ優秀やったんやけどなあ」

弾正尹の屋敷に集まっていた頭中《とうのちゅうじょう》将が嘆いた。

「まあ、予定とは違ったけど、結果はええ方に向いたなあ」

頭中将が手を打って喜んだ。

「誘い出す手間がなくなったの」

弾正尹も笑った。

「もともとは吉良の小者に、あの四人の誰でも体当たりをさせて、それを無礼と咎める予定であった」

従四位下侍従兼上野介の家臣といえども、無位無冠でしかない。いかに相手が下級公家であろうとも、無礼と言われれば抗《あらが》うわけにはいかないのだ。それが相手から仕掛けたものであっても、公家と陪臣の間には決して越えられない壁がある。

「その後、体当たりをしていない残り三人のうちの誰かが仲裁するとして、小者を呼び出す。もちろん、武と身分で四人の公家を畏《おそ》れ入らそうと吉良と近衛権中納言も付いてくるだろう。結果、詫びろ、詫びないでもめ事が起こり、なぜか公家の一人あるいは数人が死ぬ」

「そこに弾正台が踏みこめば……」

「いかに五摂家の当主といえども、拒めぬ。人を殺したとなれば、後水尾《ごみずのお》上皇はんも口出しはでけへん。まあ、近衛をどうこうするわけにはいかへんやろうが、死の穢《けが》れに触れた身で、主上の近くに侍るわけにはいかんわなあ。少なくとも半年は昇殿を遠慮せんならんなる。その間に……」

「吉良も江戸へ追い返されたとなれば、誰も麿たちを止められぬ」

「ふふっ」

「おほほほほ」

頭中将と弾正尹が揃って声をあげて笑った。

「左京大進はいつ」

「明日の屋敷検めに合わせてでよろしいのでは」

弾正尹の問いに、頭中将が答えた。

「今夜中にせずともよいんかの。ことは早いほうがええのと違うか」

「死体を処理されてしまえば、探す手間が増えますやろ」

弾正尹の危惧に、頭中将が別の懸念で返した。

生きてる人より、死体のほうが隠しやすい。焼いて骨だけにしてしまえば、野犬の餌にできるし、土のなかに埋めてしまえば見つかりにくくなる。

「そこは徹底して探せば……」

「上皇はんへ報《しら》されたら、そこまででっせ」

弾正台の探索でも、上皇の一言には勝てない。

「権中納言は、孤《それがし》の息子同然である」

いかに弾正尹が厳しく命じていても、そう言われれば下僚たちはさっさと撤収する。

「わかった」

弾正尹が首肯した。

「で、連絡は任せてええやろうな」

「そっちはする」

頭中将の確認に、弾正尹が首を縦に振った。

「二人もおればええやろ」

「あっちに二人剣が使える奴がおんで。四人は要るんとちゃうか」

「四人……無茶言いなや。一人で銀四百匁かかるねんぞ」

不安を口にした頭中将に弾正尹が反論した。

関東は金、関西は銀を基準としている。相場で多少の変動はあるが、銀は六十四匁で金一両と交換される。四百匁となると六両一分になった。

「それとも、頭中将はんが追加の分を出してくれるんかいな」

「……金はないわ」

弾正尹に言われた頭中将が嫌そうな顔をした。

「もともと余裕なんぞないというに、仲間を増やすために援助したり、人を雇うたりしてんねんぞ。逆さに振っても銀板一枚出てけえへんわ」

「なんぞ売ったら金くらい……」

「おはんがまず売らんかい。たしか、豊臣《とよとみ》家からもろうた茶碗《ちゃわん》があったはずやろ。あれやったら、好事家なら二百金は出すやろ」

「あれはあかん。あれは当家の家宝や」

言い返した頭中将に弾正尹が強く拒んだ。

「これにしくじったら、家ごとなくなるんやで。わかっているか。どれほど貴重な茶碗でも命と家には代えられへん」

頭中将が真顔で忠告した。

「家も命もなくならへんわ」

弾正尹が手を振った。

公家で潰れた家がないわけではないが、ほとんどは家禄《かろく》を減らされるていどで存続している。これは千年をこえる歴史を持つ公家たちは、武家や民を人として扱わず、代々朝廷のなかだけで付き合いを重ねてきたことが原因であった。

よほどの下位でもなければ、繰り返された通婚、養子縁組で公家同士の繋がりができている。三位《さんい》を越える家柄ならば、五摂家どころか下手をすれば天皇家とも血の交わりがある。

「名門をいたずらに潰すのはいかがなものか」

一門一族となれば、互いにかばい合うのが当たり前で、よほどのことでもなければ廃絶はまずなかった。

言うまでもなく、当主にもその恩恵は与えられる。

「隠居しい」

「仏門へ入り」

さすがにそのままというわけにはいかないが、隠居するか剃髪《ていはつ》するかで命までは奪われない。

弾正尹の主張は、これらの前例によった。

「わかってへんのかいな」

頭中将がため息を吐いた。

「なにがや」

意味がわからないと首をかしげた弾正尹に、頭中将が教えるように語った。

「わたいらは皇位皇統に手出ししようとしているんやで。これは謀叛と一緒や」

「謀叛……」

弾正尹が息を呑んだ。

「たしかに朝廷は、血が流れることを嫌う。謀反人でも首を討たれることはまずないけどな」

「そうや、死罪はない」

頭中将の言葉に弾正尹が勢いを取り戻した。

「流されるで」

「……流罪か」

公家にとって唯一の活躍の場である京から離されるのは、死んだも同然であった。

まず、罪を得たので官位は剝奪《はくだつ》される。もちろん、朝議による官位の選定にも許しが出ない限りかかわることはできなくなる。

さらに流罪という罰を命じられたのだ。隠居に逃げることはできないし、嫡男や一族への継承も認められなかった。

「前の弾正尹とだけ呼ばれる日々はきついぞ」

流罪の地ではそれなりの待遇を受けられるが、歌を交わす相手もなく、誰かから差し入れをしてもらわない限り、酒や衣服などは手に入ってこなくなる。

いや、おかずさえ難しい。米は生きていけるだけはもらえるが、まず白米ではなく、五分つきの玄米である。

「寒い」

冬になっても綿入れなどは与えられない。

京の華やかさに慣れた公家にとって、流罪は地獄落ちに等しい。

「……いや、そうなるとは限らんわ」

弾正尹が少し考えて、首を左右に振った。

「…………」

頭中将が弾正尹の頑固さに黙った。

「さて、打ち合わせじゃ」

弾正尹が話題を変えようと手を叩いた。


近衛屋敷では、左京大進の身をどうやって守るかを、三郎たちが思案していた。

「隠しきれるものではないな」

三郎が嘆息した。

「人っちゅうのは大きいなあ」

近衛基熙もため息を吐いた。

「いっそ、隠すのではなく守りませぬか」

小林平八郎が考えを変えてはどうかと意見を述べた。

「守る……」

「はい。どうせ見つかるのならば、うかつに近づけぬように囲いこんでしまうとか」

首をかしげた三郎に小林平八郎が応じた。

「板で囲うとかか」

近衛基熙が確認した。

「板でも畳でもかまいませぬ。外からいきなり攻撃されても大丈夫なようにいたせばと、思いまする」

「なるほど」

小林平八郎の発案に近衛基熙がうなずいた。

「弾正台の役人どもが使う武器はなにがある」

防御するには、攻撃手段に合わせなければならない。剣相手ならば格子戸でもいいが、槍《やり》や弓だと都合が悪い。逆に畳だと剣に弱い。

「槍や弓矢は持ちこませへん。せいぜい剣を一振りだけやな」

「剣か……。なら格子でも板戸でもいけるな」

「格子はないで」

「窓を外したら……」

首を横に振った近衛基熙に三郎が提案した。

公家の屋敷は格子窓の構造が多い。板戸の上半分を格子状にして、それを外開きにして空気を入れ換えたりしていた。

「あれを外しても小さいで。一面に二枚ずつ、四面で八枚も要る。なにより格子窓同士をしっかりとくくりつけるのが難しい。ちょっと押されただけで潰れるようでは困るやろ」

近衛基熙がなぜいけないかを説明した。

「となると戸板か」

「部屋の隅に作るんやったら、二面は壁ですむで」

「板戸二枚か」

「右衛門督《うえもんのかみ》、平松《ひらまつ》、おるか」

近衛基熙が家宰を務める平松右衛門督時量《ときかず》を呼んだ。

「お召しでおますか、御所はん」

平松時量が顔を出した。

西洞院《にしのとういん》家の分家である平松家は、後水尾上皇の御本預輩という本の収集管理をおこなっていた関係で、基熙が近衛家に入ったとき、家宰となった。家格は名家、権中納言を極官としている。右衛門督を代々受け継いでいた。

「戸板は何枚ある」

「ちょっとお待ちを。誰ぞある」

「……へえい」

しばらくして気怠《けだる》そうな返答とともに、初老の小者が現れた。

「戸板は何枚ある」

「ぼろいのも入れれば、十二、三枚はございまっせ」

平松時量の確認に小者が応じた。

「御所はん」

いかがかと平松時量が近衛基熙に問うた。

「ぼろいちゅうの、どこまでや」

近衛基熙が訊いた。

「そうでんなあ。向こうが見えるくらいの大穴が開いてるのと、桟ごと割れているやつが酷いほうでんな」

「それはあかんな」

小者話に、近衛基熙が苦笑した。

「穴も開いてないええのはないんか」

「無茶でっせ、御所はん。戸板ちゅうのは、使ってた板戸が傷んで交換したから出てくるもんでっせ。それを大風や不浄ごとがあったときに使い捨ててもええよう、床下とか物置の隅に放っておいてますねん。湿気と年数経過で、酷なる一方ですわ」

「新しい戸板というのは売っていないか」

「戸板なんぞ売ってまへんで。あんなんは全部建具師への別注ですさかい」

三郎の質問に小者が手を振った。

「どうしょうか」

近衛基熙が困った顔をした。

「戸板が使えぬとあれば……畳しかあるまい」

「どこぞの部屋の畳を剝《は》がせば、数はそろうな」

公家の屋敷で畳が敷かれているのは、当主の居間、客間、そして当主の妻となる者の居室くらいである。それでも近衛家くらいになると、何十枚にも及んだ。

「それしかないな」

次善の策を三郎たちは取るしかなかった。

四

弾正台から屋敷検めの人数が出た。

「こちらで左京大進が不本意に拘束されているとの訴えがござった」

検めを率いる弾正大弼《だいひつ》が、近衛家の門番に検めの理由を告げた。

「はあ、御所はんにお聞きしてきますよって、しばしお待ちを」

門番としては、かってに門をあけるわけにもいかない。近衛基熈の許可を取ってくるとして門を離れた。

「よし、打ち破れ」

弾正大弼が配下に門を壊せと命じた。

「勘弁しておくんなはれ」

「五摂家の近衛はんでっせ。その屋敷を壊したなんぞと知れたら、首がのうなります」

弾正台に属する下僚の大疏《だいさかん》、少疏《しょうさかん》が露骨に嫌がった。

「なんやと。麿の言うことが聞かれへんちゅうんか」

弾正台の次官である弾正大弼が配下の反乱に怒った。

「勝てまへんがな」

「大弼はんは、弾正尹はんと手を組んではるさかいよろしいけど、こっちはなんの旨味もおまへんねん。そのうえで近衛はんに睨まれるなんぞ、御免でっせ」

大疏、少疏が反論した。

「もうええ。おまえらには期待せん。おい、やってしまえ」

「約束してない仕事でっせ」

「ほうや、別に金をもらわんと」

行列の最後に弾正少疏の格好をして付いてきていた下品な二人が、金をせびった。

「あとで弾正尹はんに頼んでやる」

弾正大弼が己は払わないけど、伝えるだけは伝えると言った。

「口先だけの安い約束や」

「まあ、しゃあないわ。なかに入らんとなんもでけへんし」

二人が顔を見合わせた。

「しゃあない。やるで」

「おうよ。貸せ」

大きな木槌《きづち》を弾正少疏から奪い取った下品な男が、表門の脇に立てかけた。

「やっしょいよ」

男が気合いをあげて大木槌を足場にして、塀の上へあがった。

「誰もいいひんわ」

なかを覗きこんだ男が告げた。

「さっさと門を開けんかい」

弾正大弼が男に手を振った。

「紋太《もんた》、続いてくれよ。閂《かんぬき》を開けてる最中に、背中を狙われたらかなん」

「わかってるで」

男が仲間に手助けを求めた、紋太と呼ばれた男がうなずいた。

「ほいっと」

紋太がやはり木槌を足がかりにして、跳びあがった。

「ほな、閂は抜くけど、開けるのはそっちでやってや。こっちはなかから人が出てくるのを警戒せんならんで」

男がそう言って飛び降りた。続いて紋太もなかへ姿を消した。

表門の内側で閂がきしむ音がした。

「外したで」

紋太の声が表門のなかから聞こえた。

「開けろ」

弾正大弼が、あらためて配下に命じた。

「ほんまよろしいねんな。わたいらは知りまへんで」

「わたいらは言われたことをしただけや」

弾正大疏、少疏が誰に向かってかわからない言いわけを口にしながら、門を押し開けた。

「検めじゃ。突っこめ」

大声をあげながら、弾正大弼が手を振った。

「かならず左京大進を救い出せ」

周囲、今出川御門の衛門たちにも聞こえるくらいのさらなる大声で弾正大弼が叫んだ。


門番の報告を聞いた近衛基熙が小さく笑った。

「こちらの予想通りとは、弾正尹も策士を気取るだけの小者であったの」

「たしかにな。放置すればするほど、こちらは負担がかかったというのに」

三郎も同意した。

人一人を拘束しておくというのは、手間がかかる。

死なせるわけにはいかないのだ。

一日二日ですむならば、絶食させても問題ないが、三日をこえるとかなり状況が悪くなる。飯は喰わなくとも水は飲まないと死んでしまう。

便の始末も同じである。一日くらいなら臭いだけですむが、それを過ぎると漏れ出た便で、周囲が汚染されてしまう。

となると日が経てば経つほど飯の手配、着替えあるいは手洗いの問題が出てくる。掠われている相手が、協力的であればまだいい。こちらの指示どおりに食事をし、廁に行き、抵抗をしなければ負担はかなり軽減される。

逆に逆らうようなら、手間がかかる。見張り一人ですむ話が、抵抗を抑えこむ役目、無理矢理口にものを突っこむ者と三倍から人手が要る。

人質というのは、面倒極まりないものであった。

もし、今回も弾正尹が腰を据えて五日も辛抱していたら、音をあげたのは近衛基熙たちであったに違いない。

それを翌日に来てくれた。

おかげで、三郎たちは人質という荷物に飽きることなくすんだ。

「どれ、相手が弾正大弼なら、麿が出たほうがよかろう」

「お待ちくださいませ」

腰をあげようとした近衛基熙を小林平八郎が制した。

「入られたか」

「おそらく」

三郎が小林平八郎の制止の意味を悟った。

「多治丸、ここにいてくれ。侵入者を片付けよう」

「弾正台の検めだぞ。侵入者扱いは無理じゃ」

三郎の言葉に近衛基煕が首を横に振った。

「それは屋敷検めと知っていたらの話だろう。我らは当家の客で、屋敷検めも弾正台も知らぬ」

「言いわけにもならぬぞ」

近衛基煕が嘆息した。

「あの屋敷検めが本物だという証《あかし》はあるのか」

「ないな」

「ずいぶんと緩いな」

三郎があきれた。

「そのほうがいいのだ。紙などに記せば、残るだろう。検めでなにか出れば問題はないが、出なかったときに困るだろう。疑われた公家は外聞が悪いし、空振りした弾正台は責任問題になる。そういったときのため、結果がでぬかぎり書式などはわざと作らぬのだ」

「なんともまた……」

近衛基熙の話に、三郎が驚いた。

「なれば、偽物扱いしても大丈夫だな」

「さようでございますな」

主従二人がうなずきあった。

「おいっ、話を聞いていたのか」

近衛基熙が目を大きくした。

「まあ、なんとかなる」

「お先に」

三郎がほほえみ、小林平八郎が近衛基熙からもらった太刀を手に立ちあがった。

「吾も……」

後に続こうとした三郎が近衛基熙に目を向けた。

「なんや」

「生かしたほうがよいか」

検めとして踏みこんできた連中をどうするかを三郎は問うた。

「かまわぬ。見せしめにしてくれる」

遠慮は不要だと近衛基熙が断じた。

「敵が生きているより、そなたらが怪我をしたほうが嫌じゃ」

「任せろ」

近衛基熙の怖れに三郎が笑い返した。

五

なかへ入りこんだ屋敷検めたちは、やる気に逸《はや》る者と嫌々とわかる者に別れていた。

「裏へ回れ。小屋も蔵も見逃すな」

弾正大弼が配下に指示した。

「呼びかけも忘れるな」

「左京大進はんにでっか」

弾正大疏がわざとらしい確認をした。

「当たり前じゃ。他に誰を呼ぶのだ」

弾正大弼が憤りを見せた。

「ほな、左京大進はん。弾正台でおます。ご返事をおくなはれ」

弾正大疏が耳をそばだてなければ聞こえないていどの小声を出しながら、裏手の方へ回っていった。

「あやつ……これが終わったら、お役御免にしてくれる」

弾正大弼が大疏の背中を睨んだ。

「こっちも勝手にさせてもろうても」

紋太が弾正大弼にたしかめた。

「もちろんだ。期待してる」

弾正大弼が首肯した。

「おい、雉次《きじつぐ》」

「ああ」

二人がすばやい身のこなしで表御殿へと駆け寄った。

「慮外者ども、ここを近衛家の屋敷と知ってのうえの狼藉《ろうぜき》か」

そこへ小林平八郎が割りこんだ。

「こいつは……」

「身形《みなり》がさほどやない。従者のほうやろ」

雉次と言われた男が紋太に言った。

「わたいが押さえとくさかい、紋太は左京大進を頼むわ」

「わかったで」

紋太が首を縦に振って、小林平八郎の横を大回りして抜けようとした。

「あいにくだな。こっちも二人だ」

三郎が紋太の前に躍り出た。

「こいつ、吉良やな」

紋太が足を止めた。

「従四位を呼び捨てとは、ずいぶんと偉い刺客だな」

太刀を抜いた三郎が皮肉った。

「ばれてる……」

雉次が刺客という言葉に反応した。

「浅いな、そなたらは」

三郎が嘲笑した。

「いや、そなたらは道具に過ぎぬ。道具の良し悪しは、結局使う者の能力次第である。となれば、そなたらを雇った弾正尹が浅い」

「あんまり大人を舐《な》めるんやないで、小僧」

雉次がすごんだ。

「さっさと用をはたさんかい。そんなんにかまうな」

弾正大弼が雉次たちを怒鳴りつけた。

「うるさいやっちゃ」

「でもまあ、言うてることは正しい」

紋太と雉次が三郎と小林平八郎に襲いかかろうとした。

「左京大進の居場所を知りたくないか」

「なにっ。待て。殺すな」

三郎が不意に口にした左京大進の名前に、弾正大弼が慌てた。

「ちっ」

「くそったれ」

二人の刺客が舌打ちをして、動きを止めた。

「どこへやった」

「…………」

弾正大弼の問いを三郎は無視した。

「おいっ、屋敷検めの問いに答えぬのは許されざるぞ」

「口の利き方」

一言で三郎が弾正大弼を抑えた。

「……どこに左京大進を移されたか」

弾正大弼が顔をゆがめながら、尋ねた。

「殺すつもりなのであろう」

「…………」

今度は弾正大弼が黙った。

「この刺客二人の目標は、我ら主従でも権中納言さまでもない。さすがに五摂家の当主を害することはできん」

「金さえもらえばやるで」

「おうよなあ」

雉次と紋太が嗤った。

「どうせどこかに属しているだろう。二人で費用の遣り取りをすませ、仕事を受け、獲物となる人物のことを調べあげ、襲う。そうして報酬の金をもらい、後始末をする。できるわけはないな。どう見てもそれができるほど賢そうには見えぬ」

「好き放題に言うてくれるなあ、小僧」

雉次が怒った。

「このていどで頭に血が昇る阿呆では、とても仕事を取っては来られまい。誰か肝《きも》煎《いり》がいるはず。そいつに訊いてみるがいい。近衛に手出しをしたが大丈夫かと」

三郎が煽《あお》り続けた。

「五摂家はすなわち朝廷である。朝廷を敵に回して、京で生きていけると思うか」

「朝廷なんぞ、怖くもないわ」

「そうや。公家かて人。刃物で刺せば死ぬ」

二人の刺客が反論した。

「左京大進をやはり殺す気だな」

「そうや。あやつが死ねば、つごうのええお方がいてはるねん。おまえらに用はない。今は殺さんといたるよって、隅で震えておき」

念を押した三郎に雉次が上から見下ろすように告げた。

「生きてては困るようやなあ、左京大進」

近衛基熙が左京大進を連れて、いつの間にか玄関に立っていた。

「左京大進……屋敷から移したと言うてたやろ」

弾正大弼が啞然とした。

「いや、いなければしゃべるのではないかとな」

「欺《だま》したな」

三郎の説明に弾正大弼が叫んだ。

「お互いさまであろう」

近衛基熙が表情を硬くした。

「ええい、殺せ、左京大進を仕留めろ」

「………」

猿ぐつわをされたままの左京大進が、弾正大弼の指示に顔色を変えた。

「向こうから来てくれたで」

「探す手間が省けた」

紋太と雉次が喜んだ。

「遅い」

その一瞬の隙を小林平八郎は見逃さなかった。

「……えっ」

余裕を見せていた紋太が、己の腹を見た。

熟れた栗のいがが爆《は》ぜるように衣服が口を開け、そこから生白い腸《はらわた》が押し出されたかのように溢れてきた。

「あわっ」

紋太の黒目がまぶたの裏へとあがり、そのまま気死した。

「ちっ」

仲間の死に呆然《ぼうぜん》としなかっただけ、雉次はましであった。

すばやく刀を抜くと三郎を迂回《うかい》して、左京大進へと駆けた。

「今や」

それを見た近衛基熙が声を張りあげた。

「へ、へいっ」

近衛基熙の後ろから小者の声がして、戸板が雉次の針路を塞《ふさ》ぐように投げつけられた。

「うわっ」

当たったところで打ち身ていどですむが、人は飛んでくるものから身を守ろうとするものである。それに当たれば刀を落とすこともあるし、頭だと気を失うこともある。

雉次の動きが数枚の戸板で阻害された。

「なんの対策もしてへんとでも思うたか」

三郎が雉次に近づいた。

「くそっ。こうなったら、おどれだけでも」

戸板が足下に散乱して前へ進めなくなった雉次が、三郎へと目標を変えた。

「開き直ったか」

三郎が太刀をかまえた。

「小僧が、わたいに勝てると思うてか」

雉次が跳ぶようにして、一気に間合いを詰めてきた。

「おうっ」

目を離していなかったが、予想をこえた動きに驚いた三郎は守勢に入らざるを得なかった。

「道場と違うぞ。命のかかった戦いは」

つばぜり合いに持ちこんだ雉次が口の端を吊《つ》りあげた。

「むうっ」

子供とは言わないが、まだ三郎は大人とは言い切れない。身長も体重も雉次に比べれば劣《おと》る。

上からのしかかるように重みをかけてきた雉次に三郎がうめいた。

「死んどけ、死んどけ」

嵩《かさ》にかかって雉次が三郎に圧をかけた。

「なんのうう」

三郎が必死に雉次の刀を支えた。

二人の距離が詰まった。

「甘いわ」

雉次が顔をゆがめると刀の柄元から小さな刃物を右手の指二本で取り出した。

「毒、喰らえや」

小さな刃物を雉次が指先だけで三郎へと向かって投げた。

「……はっ」

三郎は手にしていた太刀を離して、そのまま横へ倒れた。刃物はわずかに三郎に届かず、飛んでいった。

「うわっ」

支えになっていた三郎の太刀がなくなった雉次が体勢を崩した。

「こいつう」

慣れているのか、すばやく雉次が体勢を戻すと、勝ち誇った顔で刀を振りかぶった。

「奥の手まで使わせおったけど、ここまでや。いぎたない奴め」

雉次が刀を倒れている三郎目指して振り落とそうとした。

「終わりはそちらだ」

三郎が表情を消した顔で言った。

「ぐえええ」

雉次の背中を、小林平八郎が貫いていた。

「こっちにもう一人いたことを忘れたようだな」

「…………」

一瞬三郎を見た雉次の目が死んだ。

「大事ないか、三郎」

近衛基熙が駆けつけてきた。

「腰を打った」

「まだ女房もおらんやろ。よかったな」

眉間にしわを寄せた三郎に近衛基煕が冗談で返した。

「歳下のくせに、よくそう言ったことが口にできる」

「公家は早熟だからの」

あきれた三郎に、近衛基煕が笑いで応じた。

「さて……」

三郎の無事を確認した近衛基煕が、命の遣り取りに震えている左京大進へと身体の向きを変えた。

「始末されかかった気分はどうじゃ、左京大進よ」

「…………」

左京大進が首を必死で左右に振った。

「話してくれるな」

近衛基煕の確認に、今度は左京大進が首を何度も上下させた。

「若さま」

刀を拭《ぬぐ》いながら小林平八郎が声をかけた。

「助かったぞ、平八郎」

「いえ。それがわたくしめの仕事でございまする」

ねぎらった三郎に小林平八郎が当然のことだと述べた。

「ただ、今後はみだりに前に出られませぬように」

「毒か」

「はい。毒だとかすっただけでも命を失いかねませぬ」

小林平八郎が真顔で三郎に告げた。

「この失敗で……」

三郎が首を巡らせて、他の者たちの様子を見た。

弾正大弼は失策に顔色をなくして腰を抜かしており、その他の弾正台の者たちは呆然と立ちすくんでいる。あきらかに屋敷検めは失敗であった。

「なりふりかまわず、攻めてくるな」

三郎がため息を吐いた。

「その代わり、こちらも反撃する。決して許さぬ、逃がさぬ。近衛と敵対したことを悔いるがいい」

近衛基熙が決意を露《あら》わにした。

「まずは上皇さまにお報せをせねばならぬ」

「つきあおう」

仙洞御所《せんとうごしょ》へ出向くと言った近衛基熙に三郎がうなずいた。

郷原一造《ごうはらいちぞう》は、立花主膳正から与えられた旅費を手に、江戸を出た。

「嫡男上野介を捕まえてしまえば、吉良も終わる。吾の失点も消える。なにより江戸を離れれば、吉良の目は届かぬ」

義冬から命じられた目付の指図の内容を報せよとの約定を郷原一造は守らなかった。

「高家肝煎さまは、縄打たれた息子の姿をどのような顔で見るのやら」

嗤った郷原一造が、草鞋《わらじ》の紐を締めた。

本書は書き下ろしです。

高《こう》家《け》表《ひょう》裏《り》譚《たん》5

京《きょう》乱《らん》

上《うえ》田《だ》秀《ひで》人《と》

令和4年 3月25日　初版発行

発行者●堀内大示

発行●株式会社KADOKAWA
〒102-8177　東京都千代田区富士見2-13-3
電話　0570-002-301（ナビダイヤル）

角川文庫 23119

印刷所●株式会社暁印刷
製本所●本間製本株式会社

表紙画●和田三造

●お問い合わせ
https://www.kadokawa.co.jp/（「お問い合わせ」へお進みください）
※内容によっては、お答えできない場合があります。
※サポートは日本国内のみとさせていただきます。
※Japanese text only

ISBN 978-4-04-112260-0　C0193

角川文庫発刊に際して

角川源義

第二次世界大戦の敗北は、軍事力の敗北であった以上に、私たちの若い文化力の敗退であった。私たちの文化が戦争に対して如何に無力であり、単なるあだ花に過ぎなかったかを、私たちは身を以て体験し痛感した。西洋近代文化の摂取にとって、明治以後八十年の歳月は決して短かすぎたとは言えない。にもかかわらず、近代文化の伝統を確立し、自由な批判と柔軟な良識に富む文化層として自らを形成することに私たちは失敗して来た。そしてこれは、各層への文化の普及滲透を任務とする出版人の責任でもあった。

一九四五年以来、私たちは再び振出しに戻り、第一歩から踏み出すことを余儀なくされた。これは大きな不幸ではあるが、反面、これまでの混沌・未熟・歪曲の中にあった我が国の文化に秩序と確たる基礎を齎らすためには絶好の機会でもある。角川書店は、このような祖国の文化的危機にあたり、微力をも顧みず再建の礎石たるべき抱負と決意とをもって出発したが、ここに創立以来の念願を果すべく角川文庫を発刊する。これまで刊行されたあらゆる全集叢書文庫類の長所と短所とを検討し、古今東西の不朽の典籍を、良心的編集のもとに、廉価に、そして書架にふさわしい美本として、多くのひとびとに提供しようとする。しかし私たちは徒らに百科全書的な知識のジレッタントを作ることを目的とせず、あくまで祖国の文化に秩序と再建への道を示し、この文庫を角川書店の栄ある事業として、今後永久に継続発展せしめ、学芸と教養との殿堂として大成せんことを期したい。多くの読書子の愛情ある忠言と支持とによって、この希望と抱負とを完遂せしめられんことを願う。

一九四九年五月三日